Einaudi. Stile Libero Extra

www.einaudi.it

ISBN 978-88-06-20835-6

# Federico Russo
# Ci si mette una vita

Einaudi

# Ci si mette una vita

*a Matteo*

Non è niente. Non è per sempre.

AFTERHOURS

Diecimila dollari darei subito senza pensarci
perché le nostre vite potessero essere cosí.

BOB DYLAN

La birra è la prova che Dio ci ama e vuole che siamo felici.

BENJAMIN FRANKLIN

*Il giorno piú lungo*

# 1.

A pensarci bene, non credo di aver mai sognato Anita cosí com'è nella realtà. Intendo fisicamente. In sogno so che è lei quella davanti a me, ma la faccia è diversa. Cambia ogni volta. Può avere le sembianze dell'attrice che ho visto la sera prima al cinema o in dvd, della fornaia sotto casa, della signora della pasticceria che ogni mattina mi tiene da parte il cornetto alla crema, della cassiera del supermercato che gentilmente mi ha aspettato per chiudere la cassa, di una ballerina, un'annunciatrice o un'inviata che ho visto in tv, di Lilli Gruber, di uno squalo martello visto su *National Geographic*. Ma è lei, lo so.

Quella notte però i lineamenti del viso mi sembravano molto vicini a quelli reali. Almeno mi ero risparmiato il sacrificio di limonare con il predatore degli abissi, tanto per fare un esempio.

Ricordo di averla stretta fra le braccia, di averla trattenuta per non farla andare via, ricordo che le cantavo sottovoce qualcosa nell'orecchio, *After Hours* dei Velvet Underground forse. Sorrideva, mi baciava, ma poco altro. «If you close the door the night could last forever...» Il fatto è che sognare ripetutamente una persona non ti aiuta a mettere a fuoco le trame dei singoli sogni. Alcuni dettagli che mi tornavano in mente al mattino, come le sue scarpe rosso garofano, identiche a quelle che le avevo regalato, forse facevano parte del sogno di un paio di notti prima.

Già lo sapevo: avrei trascorso l'intera serata a fissare un punto a caso di un ristorante del centro, ripensando al sogno della notte passata. E non sarebbe stata la prima volta.

Quella sera mi toccava una cena importante. Col mio capo avremmo incontrato il direttore e altri ingiacchettati per parlare di «sviluppi da settembre in poi», e c'era tanto aria di promozione al giornale. Pur non essendomi mai ammazzato di lavoro, di recente avevo fatto cose buone, specializzandomi soprattutto in articoli sportivi. Il giornale pagava bene, in piú riuscivo di tanto in tanto ad arrotondare scribacchiando sotto pseudonimo per qualcun altro, infischiandomene di penali, esclusive e altre pugnette contrattuali. Per essere un giovanotto di ventisette anni mi si prospettava una carriera niente male: grasso che cola, se si considera che sono laureato in Media e giornalismo, facoltà dove non ti fai certo il mazzo che si fanno a Ingegneria, Giurisprudenza, Medicina e via dicendo. Con la laurea da novantasette e lode avevo anche provato per un po' a pulirmici il culo, come consigliavano la maggior parte dei datori di lavoro incontrati sulla mia strada, ma alla fine ero sempre rimasto fedele ai quattro morbidi strati della Scottex. Trovai poi casa in uno scialbo quotidiano nazionale gratuito, apolitico, neutrale come la Svizzera, ambizioso. Dopo lo stage «caffè e fotocopie», da un paio d'anni facevo parte della redazione a tutti gli effetti.

In quel periodo nella hit parade delle cose importanti la carriera aveva una posizione elevata, non sono mica un irresponsabile, ma Anita rimaneva sempre in vetta a qualsiasi graduatoria, specialmente quel giorno. Mi bastava pronunciare la prima sillaba del suo nome per sbriciolarmi come una fogliolina secca di alloro in centinaia di coriandoli. Dopo aver provato invano a ricostruire l'ennesimo sogno su di lei per tutta la giornata in redazione, non desistetti neanche la sera mentre frugavo nel mio guardaroba.

La cingevo con il braccio sinistro, la mano destra nella sua, ci muovevamo lentamente seguendo il ritmo strampalato della mia voce. Sussurravo le parole della canzone dei Velvet Underground, stonando, e a tre centimetri da quelle parole le sue labbra sorridevano divertite. «All the people are dancing and they're having such fun I wish it could happen to me...» Dove eravamo? Forse in una palestra, forse in uno stadio, un'officina, una sala d'aspetto, un supermercato, un garage, una chiesa, un liceo? E chi se lo ricordava. E poi che sogno era? Come sarebbe continuato, con un passo a due? L'avrei fatta volteggiare in aria prima di riprenderla al volo? Avrebbe alzato la gamba toccandosi la fronte con la tibia come Heather Parisi, prima di baciarmi nel piú sensuale dei casqué?

Rischiavo di fare tardi, e non sarebbe stata la strategia giusta per un settembre migliore. Acchiappai i primi pantaloni a portata di mano. Me li aveva regalati lei un anno prima. Sull'etichetta c'era scritto: «Lavare al rovescio a trenta gradi. Stirare al rovescio. Indossare possibilmente dritti». Che mattacchioni questi stilisti emergenti del ventunesimo secolo. Non sono modaiolo, e per chi mi frequenta non deve essere poi difficile intuirlo. Nonostante mi fossi trasferito da Firenze a Milano ormai da cinque anni, i miei interessi per la moda erano rimasti gli stessi di sempre: nessuno.

Completai il mio look con una camicia scura e un paio di anonime scarpe da ginnastica, e mi diressi all'appuntamento.

Prima di uscire di casa mandai un messaggio ad Anita, cosí, per passare il tempo sul taxi a mangiarmi le unghie aspettando la risposta che, come sempre, non sarebbe arrivata. Sulla tastiera del cellulare digitai qualcosa come: «Ti ho sognata stanotte, ma di questo passo il tuo viso rischio di dimenticarlo». Non sono mai stato cintura nera di sms, ma mi auguro questa non sia stata una delle cause della sua dipartita, santo cielo. Se ne era andata via di casa da tre mesi. Due sere prima guardavamo un film in dvd, rannicchiati sul divano, prima di iniziare a fare l'amore sui titoli di coda. Neanche quarantotto ore dopo mi ritrovavo con due ante dell'armadio libere, tre mensole vuote, e un affitto raddoppiato sul groppone.

«Guardaci Rubens, non funziona piú, non facciamo piú niente insieme, non ci sorprendiamo piú. Credimi, farà bene a tutti e due. Rischieremmo solo di peggiorare la situazione. Discutiamo per cose stupide, sembra che stiamo insieme da trent'anni e invece sono solo tre. Mi dispiace, ma ho paura di continuare, paura che tutto finisca in modo peggiore». Quante volte si sentono queste frasi nei film adolescenziali? Non era mai stata cosí scontata. Irriconoscibile.

Ricordo di aver provato una breve esperienza di depersonalizzazione, come se per pochi istanti fossi uscito dal corpo e avessi guardato ridendo quel ragazzo ammutolito come un babbeo davanti ad Anita: e adesso voglio proprio vedere cosa le dici, caro Rubens. Ricordo poi la sensazione di freddo e caldo allo stesso tempo, il leggero tremolio delle gambe, l'aria finta di chi incassa il colpo con signorilità pur non aspettandoselo minimamente, ma quello che bofonchiai in risposta proprio non mi torna in mente. Alcune parole mi rimasero in gola, sgretolandosi come grissini. Non ci sorprendiamo piú? A cosa si riferiva? Dovevo forse farla addormentare ogni notte invitando Leonard Cohen a suonare dal vivo in camera da letto per addolcirle il sonno? Svegliarla ogni mattina con la colazione internazionale degli alberghi a cinque stelle?

E se si fosse riferita invece al bisogno di stupirci sessualmente? Non mi sembrava che le cose andassero poi tanto male da quel punto di vista, anche se a noi maschietti sfuggono spesso certi dettagli, ma il mio pedigree mi rendeva fiducioso.

«Ti rendi conto che da mesi dormiamo dandoci le spalle?» mi aveva detto un giorno.

«Sí, ma quando siamo svegli no».

Come obiezione potevo senz'altro trovare di meglio.

Fate attenzione, per l'amor di Dio: dormire dandosi le spalle è sintomo che le cose non stanno andando proprio d'amore e d'accordo come fra Renzo e Lucia.

«Tornerò a prendere la mia roba, – aveva aggiunto, – per il momento non chiamarmi. Ti voglio bene Rubens, non è solo colpa tua...»

Grazie al cazzo, avrei voluto aggiungere. Me lo impedí il fatto di essere rimasto inebetito, con il cuore tritato come un hamburger.

Insomma, qualsiasi cosa volesse dirmi, qualsiasi fosse il significato di «ho paura», «modo peggiore» e «non è colpa tua», realizzai che avrei dovuto convivere un bel po' con i miei dubbi. Il fatto che dopo un paio di settimane l'avessi beccata in atteggiamenti intimi con un altro, non mi aiutò a scioglierli. Non del tutto.

Il taxi era inevitabile, dato che la macchina non ce l'avevo, il motorino me l'avevano rubato sotto casa un mese prima e avrei rischiato un ritardo imbarazzante se mi fossi affidato ai mezzi pubblici. Il tassista tentò di dare inizio a una conversazione sui mondiali di Germania che sarebbero partiti di lí a poco. Mi chiesi dove avessi sbagliato, come avessi potuto dargli l'impressione di essere interessato alla chiacchierata e rimediai con risposte monosillabiche ai limiti della maleducazione.

L'unico sms che arrivò durante il tragitto era del mio capo: «Dove sei Gianfra? Mi raccomando puntuale, non facciamo figure di merda». È sempre a duemila quell'uomo, sempre ansioso, secondo me si droga. Quando ti parla accosta le parole velocissimo come un rapper e muove le mani disegnando nell'aria figure astratte, un po' come Joe Cocker. Alle volte ti butta giú dal letto nel cuore della notte manco fossimo il «New York Times». Si chiama Maraschi, è il caporedattore di «24/7», ed è uno dei pochi al mondo a chiamarmi con il nome di battesimo. Mi chiamo Gianfrancesco (tutto attaccato) Rubeni. Il resto del mondo mi chiama Rubens, che non è altro che una facile storpiatura del cognome. A scuola persino alcuni professori mi chiamavano cosí. Rubens come il pittore, anche se non so disegnare nemmeno nelle constatazioni amichevoli. Rubens come Barrichello, il pilota, anche se la macchina, come ho detto, manco ce l'ho. Non ricordo chi abbia coniato questo brillante nickname, ma uno che a fatica ricorda il sogno della notte prima non può pretendere di arrivare cosí lontano con la memoria. Rubens me lo sono fatto piacere, ormai ci sono abituato. Se qualcuno per strada mi chiama Gianfrancesco, mi giro soltanto al terzo tentativo.

Sul giornale, però, mi firmo come da carta d'identità. Maraschi non sopporta i nomignoli e ha ragione, non sei mica un cantante, dice, finché ti occupi di cronaca o di sport il nome d'arte da *red carpet* te lo puoi risparmiare.

Era lí che mi aspettava sulla porta del ristorante, vestito blu, camicia blu e cravatta blu, tono su tono. Era tutto blu, tranne il sangue. Piuttosto che nobile, me lo sarei immaginato astronauta, quel fulminato. Gli occhi piccoli come fori di un ago, sotto una frangia di capelli castani tagliati con cura che si confondeva con le sopracciglia folte. Si notavano soprattutto le guance tonde e rosse come pomodorini pachino, appoggiate direttamente sulle spalle, senza la mediazione del collo. Credo che nemmeno l'abbia mai avuto un collo.

Di fianco a Maraschi c'era l'editore, il «ducaconte» Baldi, Mister «24/7», la vetta della piramide. Un signorone alto, robusto, sulla cinquantina. Nonostante il suo ruolo, era sempre presente nelle faccende del giornale, ci conosceva tutti per nome, e a lui spettava l'ultima decisione su molte questioni, cosa che riduceva al minimo l'autorità del caporedattore. Due volte divorziato, era considerato tutto sommato attraente dalla rappresentanza femminile dell'ufficio e, ci avrei scommesso i miei pantaloni da lavare a trenta gradi, qualcuna se l'era pure castigata, il marpione. I capelli corti, un tempo tinti di un nero cioccolato fondente, nel giro di pochi mesi erano diventati brizzolati. Un bell'uomo, ricco, l'esatto punto di incontro tra fighi come George Clooney e Mourinho, non fosse stato per il cespuglietto di peluria in eccesso che gli fuoriusciva dalle orecchie. Ancora piú tirato a lucido del suo leccapiedi Maraschi, posò su di me e sui miei abiti lo sguardo di chi si imbatte in un alieno. Mi venne il dubbio di averli veramente messi al rovescio, quei pantaloni.

Salutai e chiesi scusa per il ritardo, inesistente visto che erano loro, tutti quanti, in anticipo. E tesi. Salutai gli altri colleghi convocati. Entrammo nel locale. Il nome non lo ricordo, ma aveva qualcosa a che fare con le Baleari.

Nel percorso tra l'ingresso e il tavolo, Maraschi mi anticipò sotto voce alcune intenzioni del megadirettore galattico:

– Berlino, Gianfra...

Cercava di ripararsi da occhi indiscreti piegando la bocca verso di me e accartocciandola come per soffiare verso l'alto. – Ho fatto il tuo nome per seguire i mondiali di Germania, l'editore all'inizio voleva mandarci Annunziato, ma poi gli ho fatto una testa cosí con te e si è fidato. Sei contento?

Sapevo che la parte del racconto in cui Maraschi lottava per imporre il suo giovane talento Rubeni andava filtrata e setacciata per avvicinarla alla verità, ma porca miseria se ero contento.

– Maraschi, ti porterò la coppa del mondo in ufficio... – sorrisi, non potendo esultare diversamente per non tradire la mia compostezza.

Dopo una conversazione informale per rompere il ghiaccio, il capo supremo del *seguitissimo* «24/7» spostò il discorso sulle faccende di lavoro per cui ci trovavamo a quel tavolo, riservandosi di interromperlo ogni volta che una delle regine della sala si alzava per raggiungere la toilette, parlare al cellulare o sfilare davanti a noi e farsi piú comodamente studiare dal nostro amico milionario.

Non ricordo a quale punto del coinvolgente bla bla bla eravamo arrivati quando sentii squillare il telefonino. La moda della suoneria nostalgica, quella che fa drin drin come il telefono dei nonni, spinse tutti a perquisire le proprie tasche alla ricerca del cellulare. Era il mio. Maraschi, nervoso come se avesse garantito per me davanti al Padrino, mi lanciò uno sguardo di terrore. Il ducaconte mi guardò come un paio di mutande usate.

Estrassi il cellulare dalla tasca con l'intenzione di schiacciare il tastino rosso per rifiutare la telefonata, ma quando vidi chi mi stava chiamando decisi di rispondere. Già, perché Valeria, la fidanzata di Carlo, mi aveva chiamato due volte in vita sua, e una delle due era Carlo che aveva finito i soldi nel suo telefono. Che cosa voleva? Il pollice si spostò immediatamente dal tastino rosso a quello verde.

D'un tratto il giornale, il contegno reverenziale davanti al capo e Berlino scivolarono via come acqua fresca. Valeria aveva la voce bassa, debole, come se le corde vocali avessero subito uno sforzo a cui non erano abituate e si fossero riprese dopo ore. Un suono fioco, che perdeva colpi a intermittenza.

Un incidente, riguardava Carlo, un tuffo.

Rimasi lí al tavolo, ripetendo il nome di Valeria nel telefonino, chiedendo cosa fosse successo con esattezza, perché non ci stavo capendo nulla.

– Eravamo al mare per il weekend. È terribile, Rubens. Eravamo in riva. Rubens... E se si fosse rotto l'osso del collo? Oddio non posso pensarci... – piangeva.

Non saprei descrivere la mia reazione sul momento, sono sicuro di aver cambiato colore: capi e colleghi, che un secondo prima mi fissavano come se avessi cacato sugli antipasti caldi di mare, di colpo posero su di me uno sguardo di comprensione e preoccupazione.

– Dove sei adesso? Dov'è Carlo? Come è successo? – ero anestetizzato.

– Siamo a Firenze, al San Riccardo, è in rianimazione. Ci sono i suoi che stanno parlando con i medici. Fra poco lo operano, un intervento è stato già fatto appena lo hanno portato qua nel pomeriggio. Ho aspettato a chiamarti, prima non ce la facevo proprio e...

– Arrivo, Vale, prendo il primo treno all'alba, – la bloccai.

– Rubens non preoccuparti, ci siamo qua noi. Non è possibile vederlo, non ti fanno entrare...

– Io intanto arrivo, vedrai che andrà tutto bene, Vale, stai tranquilla, – la interruppi di nuovo.

– Rubens... – la sua voce era sempre piú debole. – Avverti tu gli altri, io non ce la faccio.

Quando misi giú, non riuscii a proferire parola. Lo

stesso punto del locale che stavo fissando a vuoto mentre pensavo ad Anita, adesso era diventato il bersaglio del mio sguardo terrorizzato, come se si fosse materializzato un fantasma di fronte a me e riuscissi a vederlo soltanto io.

Spiegai ai commensali, non ricordo con quali parole, quel che era successo al mio migliore amico. Si impegnarono tutti in parole di conforto che mi rimbalzavano addosso e mi giungevano all'udito come un nastro rallentato e al contrario, tipo il messaggio nascosto alla fine di quel disco dei Black Sabbath.

Ero sotto shock. E rimasi sotto shock anche quando tracannai il bicchiere di rosso che avevo davanti, mi alzai, chiesi scusa, e me ne tornai a casa a piedi, camminando per circa sei chilometri senza nemmeno accorgermene. Attraversando Milano chiamai i miei amici, i due, oltre a Carlo, piú cari: Pico e Gazza. A casa, durante la notte, preparai un caffè, aspettai le prime luci dell'alba, che non tardarono ad arrivare, riempii uno zaino con due magliette e un paio di jeans, altre cose inutili agguantate a caso, e mi diressi a piedi alla stazione, pronto per saltare sul primo treno per Firenze.

Lasciai l'alba milanese, e non appena sentii il fischio che annunciava la partenza, Milano mi sembrò già lontanissima. E se Milano sembrava lontanissima, Berlino lo era anni luce.

## 2.

Dal finestrino dell'Eurostar che mi portava a Firenze si intravedeva il mattino, già illuminato da un paio d'ore. Il paesaggio piatto della Pianura padana si confondeva con la mia faccia riflessa nel vetro. Non un bel vedere, nel complesso. Gli occhi erano azzurri anche su quell'immagine trasparente, solo piú piccoli, lucidi e stanchi. Un po' erano coperti dai capelli, spettinati come al solito, di un castano diventato chiarissimo sotto la luce del sole. Mi sembrava di avere quella palla calda a una spanna dal naso. Non avevo chiuso occhio tutta la notte. Sentivo la gola ruggire perché mi ero fumato mille sigarette, ma a dire la verità non era solo la gola, ero un po' tutto da buttare. Nelle ultime nove ore avevo prosciugato la ricarica del telefono e pensato a un mucchio di cose, quelle fatte con gli amici di sempre. Per la prima volta nella vita questo tipo di ricordi, invece di farmi stare bene, mi aveva stroncato.

Non ci trovavamo tutti quanti insieme da una vita ormai. Ci sentivamo spesso, ci vedevamo quando qualcuno di noi capitava nella città dell'altro, ma se dovevo pensare a noi quattro insieme, nella stessa stanza, ero costretto ad andare troppo in là col tempo. Per le feste comandate si tornava a casa a Firenze, ma non sempre. O almeno non tutti. Talvolta erano le nostre famiglie a raggiungerci in trasferta.

Abbiamo iniziato a perderci cinque anni fa. Io avevo scelto una destinazione non troppo lontana come Milano, per fare l'università e finire poi a spremere le giornate fra le scrivanie di «24/7». Carlo aveva girato il mondo fra progetti studio fancazzisti e lavoretti di vario tipo, prima di tornare e chiudere i suoi studi in Scienze tropicali nella città che sta ai Tropici come Amedeo Minghi sta al rock'n'roll: Firenze. Gazza aveva invece scelto Helsinki, dove faceva il cuoco da quattro anni. Pico, dopo l'Erasmus di un anno a Stoccolma, ci era tornato a lavorare con la laurea in Economia.

Mentre il Pendolino attraversava il Po, decisi che finalmente un po' di sonno non mi avrebbe fatto male. Appoggiai la testa contro il finestrino e mi addormentai. Per alcuni viaggi è fondamentale il posto finestrino. A volte fra l'avere il posto finestrino e il posto corridoio c'è la stessa differenza in comfort che c'è fra la prima e la terza classe del Titanic.

Qualche minuto dopo mi svegliò il controllore, ripetendo «biglietti prego» almeno tre volte, alzando il volume a ogni tentativo e picchiettandomi sulla spalla con la mano. Con quello che costa il biglietto pretendo almeno mi si svegli con un bacio sulla fronte, una tazza di caffellatte e i cereali Fitness per stare in forma. Maledetto. Poco dopo, a svegliarmi ancora fu la telefonata di Gazza. Come Pico, aveva saputo tutto la sera prima da me. Gazza è una delle persone piú generose che conosca. Si precipiterebbe a casa tua nel cuore della notte in ciabatte e pigiama per aprirti un barattolo di sottaceti. Per non parlare delle volte in cui, col suo pancione e le sue manone, ci ha tolto dai guai buttando schiaffi a destra e a manca. Ogni anno è il primo a fare gli auguri di compleanno. Per via del fuso finlandese, aspetta l'una di notte locale e ti telefona al rintocco della mezzanotte italiana. Ero sicuro che di prima mattina avesse preso il primo volo da Helsinki e mi stesse chiamando nel momento esatto in cui l'aereo era atterrato a Firenze e gli si erano stappate le orecchie. Mi ero sbagliato di poco, Gazza si stava per imbarcare e nel giro di tre ore sarebbe arrivato anche lui.

– Per un po' in cucina faranno senza di me. Vorrà dire che serviranno solo tramezzini, non sanno neanche scolare la pasta in quel ristorante di imbranati. Gli ho detto che dovevo tornare in tutti i modi, ho inventato un lutto familiare. Mia zia, povera donna.

– Meglio cosí, – commentai. – Le hai allungato la vita.

– Ma io ho una sola zia, Rubens, ed è morta una decina di anni fa.

– Magari gliel'hai ridata la vita, bel gesto da parte tua, Gazza. Chiamami quando atterri, io sarò già arrivato.

Solo dopo aver riagganciato pensai che avrebbe tranquillamente potuto dire la verità al lavoro, come del resto avevamo fatto Pico e io. Perché per i datori di lavoro i parenti sono piú importanti degli amici?

Gazza è stato il mio primo compagno di banco al liceo. Era stato bocciato al primo anno, cosí il successivo si ritrovò a sedere nello stesso punto, nella stessa classe, quasi mi stesse aspettando. Fu amicizia a prima vista. Dopo tre anni insieme, cambiò scuola, prima di capire che lo studio non faceva per lui. Un giorno, dopo aver fatto un sacco di lavori saltuari, decise che la sua passione era la cucina. Iniziò a lavorare come aiuto cuoco nel ristorante di un ex calciatore della Fiorentina, per poi partire alla volta della Finlandia, dove un nostro conoscente aveva aperto un ristorante italiano e gli aveva offerto uno stipendio che in Italia avrebbe visto solo cambiando il suo nome sulla carta d'identità in Gualtiero Marchesi. A Helsinki, oltre alla stima dei buongustai nordici, bramosi di ricette italiane, Gazza aveva incontrato la giovane Eve: occhi enormi, chiarissimi, capelli biondi nascosti da una tintura scura, come nella migliore tradizione scandinava. «Quassú c'hanno tutte le Converse, ascoltano il death metal, mangiano le renne, la carne di orso, e si tingono i capelli al contrario di come fanno le italiane», cosí mi aveva detto Gazza per descrivere il gentil sesso di quelle parti.

Prima di fidanzarsi aveva infranto i cuori di molte lapponi. In mezzo a quella popolazione di maschi dai denti bianchi e forti, e l'alito che sa di aringa e aglio, faceva la sua porca figura con i capelli rossicci e corti come il pelo di un labrador, il suo finlandese scarso e il fisico da hooligan modellato dalla birra. Per questo lo chiamavamo Gazza, il soprannome di Paul Gascoigne, fuoriclasse della nazionale inglese anni Novanta. Il suo aspetto britannico non passava inosservato neanche dalle nostre parti. Era stato proprio Gazza il primo di noi a perdere la verginità. Con Monica.

Arrivò un pomeriggio in piazza della Vittoria, dove trascorrevamo tre quarti delle nostre giornate, con un sorriso da Stregatto, sgasando in piedi sulla pedana del suo scooter, un Piaggio Nrg con la marmitta «rigirata» della Arrows, le frecce colorate di nero come si usava allora e la luce di posizione posteriore oscurata con la bomboletta, tranne per la scritta STOP, che si illuminava di rosso ad ogni frenata. Un originale tamarro dell'epoca. Picchiettava fastidiosamente il pollice contro il clacson, attirando la nostra attenzione e gridando: «Me l'ha dataaa! Ho trombato, cazzo!» Se avesse proiettato le immagini del suo amplesso con Monica sulla parete del Duomo di Firenze sarebbe risultato piú discreto.

Avevamo diciassette anni. Molti ragazzi e ragazze della nostra generazione avrebbero con disinvoltura tenuto lezioni di Sessuologia alla Sorbona, noi eravamo leggermente indietro. La mia fidanzata di allora, Claudia, mi fece attendere cosí tanto il giorno in cui i nostri corpi si sarebbero uniti nell'estasi dell'amore, che sentivo piú vicino il giorno del giudizio. Mesi e mesi di attesa per venti secondi scarsi di passione. Succede cosí, quando si è giovani.

In ogni caso, arrivai secondo in questa speciale classifica da spogliatoio. Per un pelo, perché pochi giorni dopo toccò a Carlo, in gita, con una certa Miriam. Terzo.

Fuori dal podio, Pico. Quando la ragazza del pub si decise a passare la notte con lui, il giorno dopo offrí da bere a tutti come se fosse il suo compleanno, ordinando pinte proprio alla fortunata fanciulla, che sospettò di essere finita su internet come Pamela Anderson, tanto si sentiva osservata mentre spillava birre dietro il bancone. «Ebbravo Pico!» tutti in coro. La ragazza del pub gli tolse il saluto per sempre. E non solo quello.

Pico è il primo al quale mi rivolgo quando ho bisogno di sostegno per le mie vicissitudini sentimentali. Non perché abbia sempre la soluzione a portata di mano, anzi, ma perché è la persona piú ottimista del mondo. La cosa che fa ridere è che tutto questo ottimismo lo ostenta soltanto nelle faccende altrui. Ogni volta che è lui in difficoltà, trasforma il suo atteggiamento sicuro e scanzonato verso la vita in voglia di saltare giú dal Ponte Vecchio con un'incudine nello zaino, per ancorarsi come si deve al fondo dell'Arno.

Quando Anita mi ha piantato, dopo essere rimasto inebetito e depersonalizzato sulla porta di casa per un tempo inquadrabile fra i dieci minuti e le due ore, chiamai il mio amico ottimista. Pico provò a rassicurarmi con un'illuminante teoria, già provata con scarso successo sulla propria pelle: «Ti ha lasciato? Se un minimo ti vuole bene, vedrai che per i prossimi mesi sarà molto piú tormentata di te».

«Ah sí?» Stavo per attaccargli il telefono in faccia.

«Certo! Rifletti, Rubens. Non riuscirà a vedere nessun

altro perché sarà già abbastanza divorata dal senso di colpa per averti fatto soffrire».

«Mmm...»

«Di contro, tu, caro Rubens, hai tutto il diritto d'ora in poi di sentirti libero di iniziare una nuova vita, di farlo davanti ai suoi occhi. Sapete entrambi che ne hai il diritto, – spiegava tutto questo per telefono come se si trovasse dietro una cattedra. – Capisci? Sei in una condizione psicologica difficile, ma sicuramente privilegiata rispetto alla sua. Goditi la tua nuova vita, Rubens, mentre lei ti sognerà con rimorso».

Il rimorso di Anita fu cosí grande che, come vi ho già confessato, pochi giorni dopo le previsioni di Pico sulla mia situazione privilegiata venni a sapere che stava uscendo con un collega fotografo. Uno di quelli con la barba incolta, la giacca di velluto con le toppe sui gomiti e gli occhiali con la montatura nera alla Elvis Costello, indossati non per vederci meglio, no. Lenti riposanti. Ma vaffanculo. Uno di quelli che hanno a stento la terza media, e che alla prima uscita sarebbero capaci di schiaffare lí disquisizioni sulla *Critica della ragion pura* di Kant, o su altri libri mai sfogliati che piazzano sulle mensole di casa per darsi una parvenza da intellettuale e ammaliare le loro ospiti, facendole cadere nella loro viscida ragnatela.

La donna che sognavo tutte le notti aveva un altro. Come ero venuto a saperlo? Insomma, sono pur sempre un giornalista. È forse a causa dell'Elvis Costello dei miei coglioni che Anita mi ha lasciato? Questo non lo so. Ma siccome sul mio ottimismo devo ancora lavorare, temo proprio di sí. Mi imposi di non indagare un attimo di piú sulla nuova relazione di Anita, e in gran parte ci riuscii. Anzi, a volte tentai pure di giustificarla. È pur sempre una ragazza intelligente, fa la fotografa, ha trovato uno che fa il suo stesso mestiere ed è disposto a seguire la sua passione ventiquattro ore su ventiquattro, è solo amicizia. Ma sí, probabilmente neanche ci tromba con quel povero scemo, pensavo. Faranno il giro di tutte le mostre introspettive della città, fotografi polacchi, ucraini, piccoli festival di cinema d'essai, poi ognuno a casa sua. Si fotograferanno a vicenda, lui le farà vedere le sue cagate in bianco e nero sentendosi Anton Corbijn, lei le sue, e morta lí. Poi di colpo mi figuravo per sbaglio la faccia di quel fallito fra le cosce di Anita e sudavo e tremavo in preda agli incubi come Ewan McGregor in *Trainspotting*: un drogato in crisi d'astinenza. Ripulirmi da Anita mi sembrava un'impresa impossibile.

Ma mentre tornavo nella mia città avevo altro a cui pensare, qualcosa verso cui anche l'indistruttibile ottimismo di Pico avrebbe vacillato: l'incidente di Carlo. Sappiamo di avere pochi amici veri, e se ci chiedessero chi sono, ognuno di noi quattro risponderebbe con i nomi degli altri tre. Vivevamo ormai lontani ma ci volevamo bene, anche se non ce lo eravamo mai detti perché avremmo finito col riderci in faccia.

Davanti all'incidente di Carlo, Pico reagí come gli altri. Il volo da Stoccolma sarebbe arrivato nel primo pomeriggio.

Intanto il mio Eurostar aveva già superato come una scheggia l'Appennino e in perfetto orario mi stava riportando a casa. Via terra o via cielo, stavamo tornando. E per la prima volta l'occasione, invece di renderci felici, ci faceva paura.

## 3.

Se al momento del tuffo non fosse stata presente Valeria, probabilmente il nostro amico sarebbe passato a miglior vita. Un minuto in piú, forse meno, e sarei qui a raccontare un'altra storia. Valeria non si era accorta subito di ciò che era successo, all'inizio aveva pensato che l'immagine di Carlo, che galleggiava sul filo dell'acqua oscillando con le onde, fosse uno scherzo. Di merda, ma pur sempre uno scherzo. Dopo qualche secondo, vedendo che Carlo non si muoveva, Valeria aveva provato a chiamarlo sempre piú forte, la sua voce l'avrebbero sentita anche in fondo alla Fossa delle Marianne, raccontò in seguito. Le grida non riuscirono a risvegliarlo, ma gli unici due bagnanti fuori stagione che si trovavano nei paraggi si accorsero che stava succedendo qualcosa. Vale si precipitò su Carlo, chiese aiuto, e in tre riuscirono a riportarlo a riva e adagiarlo sul bagnasciuga. Non c'era l'ombra di un bagnino nell'arco di chilometri, dal momento che si trovavano su una spiaggia libera in pieno maggio. I due ragazzi giunti in soccorso, con l'aspetto di chi aveva impegnato l'intera giornata a fumare spinelli e cilum sotto il sole quasi estivo, provarono a praticare un massaggio cardiaco seguendo le istruzioni apprese alla buona in anni di film e serie tv. Valeria, con quello scampolo di lucidità che le era rimasto, aveva già chiamato l'ambulanza. Per fortuna arrivò appena in tempo per rianimare Carlo e toglierlo dal famoso tunnel con la luce in fondo. I paramedici, che Dio li benedica, capirono immediatamente la gravità dell'infortunio e fecero arrivare un elicottero per trasportare Carlo a Firenze, dove è stato operato d'urgenza.

Questo, in sintesi, è quello che è successo al mio migliore amico in una deserta spiaggia della Versilia in un maledetto pomeriggio di maggio, nello stesso istante in cui io mi masturbavo le sinapsi in un ufficio di Milano ripensando a un insignificante sogno e a una stronza schizofrenica che usciva con un fotografo. È accaduto tutto in un attimo. Con l'acqua fino ai fianchi, pronto per fare il primo bagno della stagione, il mare freddissimo, che ancora portava con sé le reminiscenze dell'inverno, Carlo chiamava Valeria: «Vieni, non è fredda!» Saltellava per evitare le piccole onde, quelle gelide e bastarde che ti si infrangono sulla pancia e ti fanno venire i brividi, e intanto sfidava Valeria: «Vieni, dài, buttati!»

«Non ci penso neanche», sentenziava divertita lei, decisa a non seguirlo.

E Carlo si è tuffato. Il classico tuffo, in riva. Il comune tuffo che abbiamo fatto tutti almeno mille e duecento volte. Pochi minuti dopo si trovava su un elicottero fra la vita e la morte. Valeria avrà raccontato quelle ore fino alla noia. Fatti del genere, comunque vadano a finire, non li dimentichi, te li porti appresso per una vita.

Immaginai la scena per tutta la nottata insonne che avevo trascorso, per l'intero tragitto verso Firenze, anche nei momenti di dormiveglia lontano dal controllore del treno, dal cellulare, e dalla mia faccia riflessa nel finestrino. Pensai alle centinaia di volte in cui ci siamo tuffati insieme dallo scoglio piú alto dell'Isola del Giglio, a quando avevamo undici anni e scavalcavamo quasi ogni pomeriggio un muro di almeno tre metri, che separava casa di Carlo da quella dei vicini, per andare a recuperare il pallone, pensai alle botte prese nei campionati giocati insieme con la maglia della Florentia, alle piste nere imboccate di nascosto quando i nostri genitori ci portavano in settimana bianca. Gesti da supereroe, in confronto a un tuffetto in riva al mare.

Durante il viaggio in treno verso Firenze, risucchiato dal sonno e dai ricordi, l'unica compagnia che cercai fu quella del mio iPod, ma non mi diede molto conforto. Impostando la funzione «brani casuali» erano usciti fuori i pezzi piú deprimenti della mia playlist. D'altronde, tutti mi prendono per il culo per i miei gusti musicali che spingono al suicidio: il mio lettore mp3 si è ormai rassegnato a suonare quello che passa il convento. Dopo un viaggio trascorso con la struggente colonna sonora di Rufus Wainwright, Elliott Smith, Sufjan Stevens e altri frizzanti cabarettisti, attingere alla mia riserva di buonumore sarebbe stato facile come estrarre la Spada nella Roccia.

Scesi dal treno senza fretta. Volevo godermi l'arrivo, il momento in cui avrei appoggiato il piede sul suolo della mia città, perché non tornavo da tanto tempo e mi mancava un po'. Per qualche secondo la sensazione di essere a casa mi avrebbe distolto da tutti i tristi pensieri di quella mattina. Saltai su un autobus, il 4, quello che fa capolinea accanto a casa dei miei, con una gran voglia di abbracciarli.

A casa mi fermai solo pochi minuti, giusto per pisciare e lasciare lo zaino semivuoto. Mia madre stava già piangendo. Li abbracciai come mi ero ripromesso: non lo facevo da anni e mi sembrò un po' strano, ma mi fece anche stare meglio. Piú tardi mi avrebbero raggiunto per stare vicino ai genitori di Carlo. Senza aspettare altro tempo, mi incamminai verso l'ospedale a passo svelto.

Dopo sette minuti ero lí, ma ce ne vollero altri venti

affinché riuscissi a trovare il reparto di Carlo. Gli ospedali mi hanno sempre dato l'idea di essere progettati per farti perdere nei corridoi e cosí mostrarti i diversi modi in cui può soffrire una persona. Segui le indicazioni per ortopedia e ti ritrovi in cardiologia, cerchi pediatria e finisci in otorinolaringoiatria, nel tempo che impieghi a trovare il reparto maternità il bambino fa già la terza elementare. Avrei piú senso dell'orientamento su una zattera in mezzo all'oceano Atlantico.

Incontrai finalmente un'infermiera gentile, che ciabattando sugli zoccoli bianchi mi scortò per il dedalo di corridoi fino alla stanza in cui si trovavano Valeria e i genitori di Carlo.

Anche quell'abbraccio non lo dimenticherò mai. Intenso, ma non forte, perché nessuno dopo una nottata come la loro avrebbe avuto l'energia sufficiente per una stretta vigorosa. Piuttosto avvertii il bisogno di sfogarsi, la fatica di chi è stremato.

Abbracciando Marisa, la madre del mio migliore amico, promisi: – Carlo ce la fa, Carlo ne esce. Sono sicuro.

Non lo dissi per tranquillizzarla. Conosco Carlo. È sempre stato forte, piú forte di me. Fin da bambini. È lui che ha rubato il pacchetto di Multifilter a sua madre quando abbiamo fumato senza aspirare la prima sigaretta a dieci anni, è con lui che ho preso la mia prima sbronza, ed è con lui che ho letto di nascosto il diario di Laura Palmer.

Carlo è forte. Ancora oggi, non so sinceramente spiegarmi come sia riuscito a reagire in modo cosí ammirevole a tutto quello che è successo. La spiegazione non c'è. Sarebbe come chiedere a Lou Reed come caspita ha fatto a scrivere un capolavoro come *Berlin*. Cosa dovrebbe risponderti se non che è Lou Reed? Carlo ha reagito cosí perché è Carlo. Se fosse capitato a me, sarei ancora sul fondo del mare, piantato nella sabbia come un cannolicchio, e con molta probabilità avrebbe fatto la stessa fine, nei panni di Carlo, anche il vecchio Lou.

Vedere Carlo non era possibile, come aveva detto Valeria. Dal momento dell'incidente aveva subito un paio di interventi, riusciti alla perfezione secondo i medici. Ma non finiva lí. Nel momento dell'impatto con la sabbia, Carlo aveva bevuto una quantità immane d'acqua, che aveva creato problemi ai polmoni. Questo aveva costretto i medici a praticare un foro nella trachea per farlo respirare.

Tutto ciò che potevamo fare era starcene fuori dall'ospedale a fumare pacchetti di sigarette, porre ai medici domande che restavano prive di risposte precise, e mandare messaggi a Carlo tramite chi aveva la possibilità di entrare nella sua stanza. Le visite, due al giorno, erano permesse solo ai genitori e, in via del tutto eccezionale, a Valeria, colei che lo ha salvato, in molti sensi.

È una ragazza fantastica. Siamo sempre stati tutti un po' invidiosi del rapporto fra Carlo e Valeria, in senso buono, sia ben chiaro. Carlo era l'unico fra noi ad aver trovato la donna ideale, quella che nessuno di noi ha mai cercato, fingendosi paladino della libertà, ma che ognuno in cuor suo avrebbe voluto segretamente incontrare. Magari per caso, come è successo a Carlo. Compri un dvd, vai a casa, lo metti nel lettore e non funziona. Allora torni di corsa al negozio e, al posto del signore che ti ha venduto il film difettoso, ci trovi la figlia, lí per caso a sostituire il padre: una ragazza della tua stessa età, con un caschetto rosso tinto e gli occhi lunghi e sorridenti che sprigionano una luce rassicurante. La frittata è fatta. Innamorati a prima vista.

Il bilancio sentimentale di noi altri tre, invece, faceva acqua da tutte le parti. Pico era stato lasciato due anni prima da Alessia, dopo quasi sei anni di relazione. La simpaticona, col tatto di un trafficante d'organi, era scappata con un buttafuori, lo stesso che una sera ci aveva lanciati in strada tutti e quattro perché dopo qualche litro di Guinness cercavamo di convincerlo che eravamo i Bon Jovi per entrare gratis nel suo locale di merda. Era passato molto tempo, ma le sue ferite non erano ancora rimarginate. Pico non aveva piú rivisto Alessia, e ancora oggi, piuttosto che immaginarsela mentre si fa scopare da quell'androide, preferirebbe infilare il pisello nel tostapane.

Anche Gazza aveva avuto una ragazza importante ai tempi del liceo, proprio la Monica della sua prima volta, con cui aveva trascorso quattro anni bellissimi e con cui aveva tagliato serenamente. Poi, nello spazio temporale tra Monica e Eve, ovvero la bellezza di quasi un decennio, il nulla. Scopicchiava a destra e a manca, e ogni volta che si affezionava e sentiva di potersi innamorare, riceveva benserviti dolorosi come bacchettate sui dorsi delle mani. Quanto a me, già sapete come se la passava l'hamburger che avevo al posto del cuore. Nonostante il casino che era successo nelle ultime ore, continuavo imperterrito a pensare ad Anita. Avrei voluto chiamarla, raccontarle dove mi trovavo, come mi sentivo, cosa stava passando il mio migliore amico, ammettere che avevo bisogno di lei, ma non lo feci. Bravo Rubens.

Alla quinta, forse sesta Marlboro Medium fumata fuori dall'ospedale con Valeria e Marisa, un po' per compagnia un po' per l'ansia che accompagnava quella giornata, arrivarono prima Gazza poi Pico. Vederli mi aiutò moltissimo, e sono sicuro che avrebbe aiutato anche Carlo. Purtroppo i medici erano guardie svizzere, non facevano entrare quasi nessuno. Gli unici che avevano accesso alla sua stanza dovevano sterilizzarsi, indossare calzari, guanti e altri indumenti protettivi da Nasa per non veicolare germi dall'esterno.

Anche i miei amici arrivati dal Nord Europa si precipitarono subito da Valeria e dai genitori di Carlo. A quel punto eravamo un bel po' di persone, tra familiari, amici e conoscenti, piú o meno tutti con la stessa faccia pallida e stanca. Gazza e Pico si erano sparati a dir tanto un'ora di sonno in aereo, quella che non serve ad altro che a rubare piú energie di quelle già perse.

Fra di noi non ci fu bisogno di strette di mano, pacche sulle spalle, abbracci. Bastò uno sguardo per dire che eravamo contenti di vederci. Uno sguardo di preoccupazione, ma allo stesso tempo di sicurezza, perché il nostro amico che si trovava in rianimazione, lo sapevamo, aveva sempre avuto due palle cosí.

## 4.

Il pomeriggio passò lentissimo, scandito dall'attesa di notizie dai tipi in camice bianco. Fermavamo chiunque. A volte bastava solo un «Carlo?», e le risposte si limitavano a: «È ancora troppo presto per dire qualsiasi cosa, bisogna avere pazienza», oppure: «Gli interventi sono andati bene, ora non rimane che aspettare».

Non c'è niente di peggio della sensazione che si prova quando si vorrebbe fare di tutto ma non si può fare nulla. Avrei voluto non dormire piú, stare vicino a Carlo, tranquillizzarlo, parlargli di me, di lui, di noi quattro, delle persone che odiamo, di quelle a cui vogliamo bene, di figa, dei nostri film, di dischi, della Fiorentina, dei nostri libri preferiti. E invece niente: «I signori non possono entrare». Carlo era cosciente, e quello che ha pensato in quelle lunghe giornate da solo neanche lui lo ha mai saputo spiegare a parole. Ti trovi in rianimazione, ma sveglio, lucido. Non ti puoi muovere, non senti niente dal collo in giú, sai che non sei finito in ospedale per una sbucciatura, lo capisci dalle condizioni degli altri ricoverati. Chiedi spiegazioni alla tua ragazza, a tua madre, nella mezz'ora al giorno in cui possono incontrarti, e ti sono di conforto, ma leggi nei loro occhi quanto stiano soffrendo fuori da quella stanza. Vivi le giornate aspettando quel momento, quell'incontro, un po' come i carcerati aspettano l'ora d'aria. Tenti di chiedere spiegazioni ai medici, alle infermiere, ma non ti capiscono, perché per respirare hai un tubo piantato in gola. Ti tranquillizzano, ma vedi troppa compassione nel loro modo di sdrammatizzare il tutto, e non ti torna. Vuoi sapere cosa ti è successo, vuoi che qualcuno ti dica la verità senza sorrisi forzati e incoraggianti. Piuttosto anche che non camminerai piú. Punto. Interrogarti ventiquattro ore al giorno, guardando il soffitto, la flebo, gli altri tubicini e i macchinari sopra di te dei quali ignori l'utilità, ti fa solo diventare pazzo.

Intorno alla quindicesima sigaretta a stomaco vuoto, vidi Valeria tornare dalla sua mezz'ora con Carlo.

– È ancora rincoglionito dalle operazioni, – ci disse notando che le andavamo incontro frettolosi come un cane quando gli porti la ciotola.

– Gli hai detto che siamo qui? Ti sentiva? – chiedevamo accavallando le voci.

– Sí, certo che mi sentiva...

Sorrideva, asciugando le lacrime sul nascere col dorso della mano.

– Gli ho detto che siete arrivati tutti, e ha sorriso. Mi ha detto di dirvi che siete i soliti esagerati ad arrivare subito da cosí lontano.

Questo è Carlo, immobile in un letto d'ospedale, con un tubo nella trachea e una flebo piantata nel braccio. Se ha tre parole a disposizione le usa per prenderti per il culo.

– Gli hai detto che vogliamo entrare anche noi, ma non ce lo permettono? Gli hai detto che fra poco iniziano i mondiali e lo vogliamo in forma? Gli hai detto che chiedono tutti di lui? Gli hai detto che noi siamo qui e lo aspettiamo? Gli hai detto che... – le nostre voci, una sopra all'altra, diventavano indistinguibili.

– Ha un tubo in gola, non posso farlo parlare troppo. Era felice di sapere che siete qui.

– Ho parlato con i medici. Dicono che sta facendo passi da gigante. La sensibilità del corpo aumenta, è stata recuperata all'incirca dall'ombelico in su, – spiegò Valeria.

– Che significa? – chiese qualcuno.

– Significa che dall'ombelico in giú se gli dài un pizzicotto non sente niente. E non si sa se rimarrà cosí o andrà a migliorare. Non ho voluto chiedere altro.

Leggevo in Valeria la stessa paura che avevo io. La paura delle risposte dei tizi in camice bianco. Loro hanno studiato tutto quello che serve per diagnosticare, operare, curare, guarire, ma non esiste una scuola che insegni a comunicare le cattive notizie al prossimo. Non occorre il Dr House per sapere che, se il midollo spinale fosse reciso, non ci sarebbe piú niente da fare. Se tagli il filo di un telefono, il telefono non può piú funzionare. Cosí vale anche per il corpo umano. Tagli il filo, tagli la linea. E se qualcuno ci avesse detto proprio questo, come avremmo reagito?

Una cosa per volta. Già la faccenda della sensibilità significava che, in poche ore, Carlo aveva iniziato la sua lotta.

Tornando verso casa, poco prima del tramonto, sentivo che a poco a poco stavo realizzando la situazione. L'ospedale, la sua atmosfera, la preoccupazione dei miei amici mista alla mia, le lacrime, la spossatezza, tutto mi fece afferrare ancora piú lucidamente la gravità dell'accaduto. Non che prima mi sembrasse una sciocchezza, ma dopo il pomeriggio tutto era diventato piú palpabile. Allo stesso tempo, il sorriso di Carlo raccontato da Valeria mi aveva gonfiato di speranza.

Mentre il sole, lo stesso che avevo visto nascere partendo da Milano, scendeva dietro le colline fiorentine, mi accorsi che stavo piangendo. Provai a ricordare quando fosse stata l'ultima volta, ma non mi venne in mente. Davanti al cancello di casa accesi l'ultima sigaretta del pacchetto. La fumai lentamente, aspettando che la palla arancione sparisse del tutto là dietro.

## 5.

Non avevo voglia di mangiare e nemmeno di dormire. Mi sentivo stanco, stordito, ma non avrei preso sonno, ne ero convinto e nemmeno ci provai. Una momentanea insonnia, con tutti i sintomi al punto giusto.

Di una cosa avevo voglia, della mia città.

Nel piccolo giardino di casa dei miei, in un punto coperto c'era un ammasso di lenzuola vecchie. Togliendole, ritrovai la mia vespa arancione. Ferma da chissà quanto tempo, ma sempre raggiante. Qualche rifinitura arrugginita, ma il colore della ruggine con l'arancio fuoco fa *pendant*, l'ho imparato nella città della moda. I suoi anni, nonostante qualche ruga piuttosto pronunciata sulla carrozzeria, se li era sempre portati bene. Una donna di una certa età insomma, ma sempre attraente, forse ancora piú di prima, un po' come Monica Vitti. Cosí, infatti, chiamo la mia vespa nei momenti d'intimità, datemi pure del matto. Con lei ho trascorso gran parte della mia vita, da quando la comprai usata a quattordici anni a quando mi sono trasferito a Milano, decidendo di non portarla con me. E meno male, se avesse fatto la fine del mio motorino rubato non me lo sarei perdonato. Il motorino l'ho guidato per utilità, la mia Monica Vitti, invece, per sentimento.

Cercai le chiavi in camera e, una volta trovate, tornai da lei. Non l'aveva usata nessuno per tanto tempo, cosí ci volle un bel po' per metterla in moto. Tanti colpi di pedale, una buona dose di imprecazioni e la vespa partí, pronta ad aggredire con grinta le strade della città. Che carattere.

Sgasai fuori dal cancello senza una meta precisa. Scesi da via Massaia, ritrovando il colore delle case che la costeggiavano, testai la salute della mia vespa affrontando la salita di via Stibbert: se la cavava ancora egregiamente. Scalai fino alla prima mentre percorrevo via Trento, che prima sale poi scende, come un arcobaleno, osservando alla destra il Giardino del Dragone situato fra me e la cartolina di Firenze. Ogni volta che marinavamo la scuola ci si trovava lí, ai piedi della statua del drago. Ogni mattina ci beccavi tutta la gioventú fiorentina che non si presentava in classe, a meno che non fosse a casa col febbrone. Chi intento a ripassare il programma di filosofia, chi a sfogliare la «Gazzetta dello Sport», chi impegnato a rollare canne su canne alle nove del mattino per digerire la colazione. A volte, i professori avrebbero fatto prima a fare l'appello là.

Oltrepassato il Ponte Rosso, Monica Vitti mi portò dove sapevo che sarei finito anche viaggiando a occhi chiusi: piazza della Vittoria. La nostra piazza.

La vespa grattò il marciapiede, come sempre, e proseguí verso il centro della piazza. C'era ancora, nonostante da quindici anni volessero costruirci un parcheggio, ed era identica alla prima volta in cui ci avevo messo piede. I bidoni arancioni della spazzatura erano ancora al loro posto, messi a due a due alle estremità per fungere da porte quando si giocava a pallone. Le panchine, finalmente riverniciate, avevano lasciato spazio a nuovi nomi scritti con l'Uniposca, nuovi «Juve merda» e «W la fica», ma non si erano spostate di un centimetro. Fermai la vespa e la misi sul cavalletto. I lampioni si erano accesi da poco e si stavano scaldando, emanavano sempre piú luce. Tutto era perfetto per una partitina in notturna, pensai. Non c'era nessuno, il bar aveva chiuso da poco, qualcuno attraversava in fretta la piazza recandosi altrove. Solo io e il mio mezzo a due ruote ci trovavamo lí. Mi sedetti sulla panchina, poggiando i piedi sulla pedana di Monica Vitti. Accesi una sigaretta, e mi dissi per la prima volta in vita mia che forse avrei dovuto smettere. L'idea mi accarezzò la mente soltanto il tempo della prima boccata, poi svaní come se non l'avessi mai pensato. I primi pacchetti di sigarette li compravamo nel bar in piazza. Chiedevamo quasi sempre quello da dieci, perché costava meno ed essendo piú piccolo era piú facile da nascondere, incastrato sotto la sella della vespa, manco fosse un'arma da fuoco.

Fumavo e pensavo alle ore passate in quella piazza. Se le mettessi insieme farebbero mesi, forse anni. Mattina, pomeriggio, sera, notte... Si passava sempre di lí, perché a qualsiasi ora trovavi qualcuno. A volte un tipo con cui fare due chiacchiere, che se lo incontravi da un'altra parte magari non ti salutava neanche; a volte due squadre messe su alla buona che cercavano giusto un uomo per improvvisare un match di calcio da strada. Succedeva anche il sabato sera. Spesso, mentre tanti nostri coetanei affollavano le discoteche house, noi ci ritrovavamo ubriachi a giocare a notte fonda con un Tango tirato fuori dal baule di una macchina.

Pensavo alle pomiciate interminabili fatte proprio sulla stessa panchina dov'ero seduto in quel momento. E in un attimo, dalle amiche del liceo, il mio pensiero tornò ad Anita. Chissà, ventiquattro ore dopo potrebbe aver risposto al messaggio, sperai. Cercai il telefono in tasca. Illuminai il display. Niente.

Meglio cosí. Lo shock della storia di Carlo insieme al piacere di leggere un sms della mia ex mi avrebbero provocato un'emozione che non avrei saputo reggere. Indirizzai offese a bassa voce verso l'intera categoria dei fotografi, e mentre alzavo lo sguardo dal mio cellulare notai qualcuno parcheggiare e scendere dalla macchina dall'altro lato della piazza. Era Pico, lo riconobbi dal suo metro e novanta scarso d'altezza e da quel suo modo di camminare goffo, sulle punte, come se pestasse cicche per terra. Sembrava felice di scoprirmi lí sulla panchina, chiuse lo sportello della sua Golf e venne verso di me.

– Stavi parlando con la tua vespa arancione? – chiese sedendosi di fianco a me.

– Qualcosa del genere.

– La chiami ancora Monica Vitti?

– È il suo nome, cosí come il tuo è Pico.

– Già. Pico e Rubens. Ci chiamiamo come un filosofo e un pittore e non abbiamo mai saputo scrivere o disegnare niente di decente su queste panchine.

Non si era ancora reso conto della vernice che aveva cancellato i nostri ricordi.

– Ne vuoi una? – domandò tirando fuori il suo pacchetto accartocciato di Marlboro morbide sul quale campeggiavano scritte in svedese che nemmeno in Nord Europa fanno passare alla gente la voglia di fumare.

– No grazie, credo di avere appena spento la duecentesima della giornata.

– A chi lo dici.

– Come stai, Pico?

– Ho sonno.

Guardava la sua sigaretta svedese che bruciava lentamente, con la stessa espressione esausta che avevo io. Eravamo abbastanza vigili, però, per riconoscere in lontananza lo scooter di Gazza dirigersi verso di noi. Eccolo, anche lui. Manco a farlo apposta.

Nel giro di pochi minuti eravamo di nuovo insieme, nella solita piazza che ci ospitava da quando ancora non ci cresceva la barba. Non sapevamo che ci saremmo incontrati. Dopo la nottataccia che avevamo passato, ci eravamo salutati all'ospedale con la convinzione di andarcene ognuno a casa a dormire un po', ma a quanto pareva per nessuno era stata un'impresa facile, e l'istinto ci aveva fatti incontrare su quella panchina.

Per la prima volta puntuali, sebbene senza appuntamento.

Gazza fermò il motorino accanto alla mia vespa.

– Ti sei rimesso insieme a Monica Vitti? La trovo sicuramente piú carina di voi –. Prima che continuasse lo anticipai: – Mi siete mancati, ragazzi. Mai come la mia vespa, si capisce.

Non erano cambiati per niente dall'ultima volta che li avevo visti, e la cosa non mi stupí. Non mi sarei mai aspettato, per esempio, di trovare Gazza dimagrito. Non era mai successo, benché se lo fosse piú volte imposto. Si fece addirittura prescrivere una dieta, e un giorno arrivò in piazza tutto soddisfatto col foglio dei pasti quotidiani, come se bastasse leggerlo con enfasi agli amici per perdere peso: «Dunque, 100 grammi di riso in bianco con un cucchiaino d'olio crudo, 200 grammi di merluzzo bollito, verdure lesse a scelta, eccetera eccetera... Sí sí, ora mi ci metto di buona volontà e butto giú tutto». Peccato che su quel foglio nessuno riuscí a leggere la parola birra, ma vi assicuro che il nostro amico di solito ne beve ben piú di 200 grammi. Il giorno dopo, a cena insieme, Gazza si aprí il primo bottone dei pantaloni e ordinò limoncello per tutti.

– E adesso che facciamo? – si domandò Pico.

– Potremmo sfondare ed entrare da Carlo. Dell'infermiere grosso con l'orecchino me ne occupo io, voi sbarazzatevi degli altri che sono piú piccoli, – propose Gazza.

– Non credo sia una buona idea, – obiettai, anche se non nego di averci fatto un pensierino.

Pico prese saggiamente la parola: – L'unica cosa che possiamo fare è berci su un paio di birre. Il pub è aperto di sicuro come ai vecchi tempi.

Parole sante.

Un attimo dopo ero di nuovo in sella alla mia vespa, e a questo giro la bella signora arancione, alla faccia dell'età, si mise in moto alla prima.

## 6.

Al pub ci accorgemmo che tutti sapevano dell'incidente. La notizia si era diffusa come un incendio, anche grazie alla stampa locale. Nel primo quotidiano che trovai sui tavoli di legno rovinati e pieni di incisioni c'era scritto: «Ventisettenne rischia di rimanere paralizzato per un tuffo in riva al mare. Vivo per miracolo».

Rimasi stupito dalla capacità di sintesi con cui certi colleghi riescono a raccontare una cosa del genere. Freddi, anonimi, cattivi, li accusai rimettendo il giornale dove l'avevo trovato.

Chiedemmo alla ragazza dietro il bancone tre Guinness. Un tempo bastava che entrassimo dalla porta per vedere subito le nostre pinte caricarsi di birra scura irlandese, ma al pub non ci lavoravano piú le stesse persone, cosí dovevamo palesare i nostri desideri.

Gustai il primo sorso come fossi disidratato da settimane. Era quello che ci voleva dopo una giornata cosí. Se dovessi pensare a una cosa in comune fra me, Carlo, Pico e Gazza, direi, senza bisogno di rifletterci un solo secondo, la passione per la Guinness. La desidero a volte come si desidera una donna. La rispetto come fosse la mia dolce metà, amara e schiumosa. Mi permette di tradirla di tanto in tanto, anche col suo aiuto, perché sa che comunque vada torno sempre da lei.

– In questi mesi in cui non ci siamo visti ho imparato a fare un beef in Guinness con pancetta da leccarsi i baffi, –

ci informò Gazza. Era abituato a coprire i momenti di silenzio con descrizioni dettagliate di ricette come fosse in onda su Gambero Rosso Channel.

– Ah però! – rispondemmo fintamente interessati io e Pico.

– È facile. Fai dorare la pancetta con della cipolla tritata e poco burro. Aggiungi la carne a pezzettoni, la innaffi con la birra e del brodo, e lasci il tutto coperto a fuoco lento per un paio d'ore. Ecco fatto.

– Delizioso, – commentai.

– Ovviamente devi via via aggiungere birra e brodo per non far asciugare lo spezzatino, e alla fine devi alzare la fiamma per far rosolare per bene la carne.

– Be', si capisce… – mi sentii di annuire.

Gazza ci guardò come se ci stesse per rivelare il segreto del Santo Graal. – Ma lo sapete qual è l'ingrediente magico che cambia il piatto da cosí a cosí?

– Qual è?

– Il miele.

– Il miele?

– Già, il miele.

– Con la Guinness?

– Proprio cosí. Miele e Guinness, dolce e amaro, con la carne si accoppiano alla perfezione.

– Come faranno senza i tuoi piatti, poveri finlandesi, – concluse Pico.

– Tu ci scherzi, ormai mi conoscono in tutta Helsinki, malfidato.

– Be', anche se è cambiato il personale, dubito che qui abbiano messo in menu il beef in Guinness, ma avrei proprio voglia di un panino, – proposi, ricordandomi di essere a stomaco vuoto dalla prima e ultima forchettata di antipasto ingurgitata davanti ai colleghi del giornale. Da ventiquattr'ore esatte.

Ordinai un sandwich al bancone e tornai al tavolo dagli altri due compari, che subito mi copiarono l'idea.

– Non esiste un modo per fare un panino con la birra, Gazza? – chiesi mentre davo il primo morso.

– Certo. Esiste la salsa alla birra, la puoi utilizzare in mille modi. Se avessi imparato da me due o tre cose di cucina, stavi ancora con Anita, te lo dico io.

Per un attimo mi convinsi che sarebbe bastato saper cucinare uno spezzatino per evitare di soffrire pene d'amore.

– Quant'è che non la vedi ormai? – mi chiese Pico.

– Non saprei, ho perso la cognizione del tempo come succede in questi casi. Ma non stavamo parlando di cucina?

– Non ti è ancora passata, vero?

– Temo di no.

– La sogni ancora con le facce strane? – domandò il mio amico chef.

– Sí. L'ultima volta non mi ricordo che faccia aveva, azzarderei quella di Steve Buscemi.

– Sta ancora con il fotografo?

– Facciamo una registrazione.

– Cosa?

– Sí, una registrazione, – mi sentii ripetere fissando la schiuma densa e immobile della mia Guinness. Forse l'idea me l'aveva suggerita proprio lei.

– Che cazzo stai dicendo, Rubens? Dicevo se Anita esce ancora con il fotografo odioso, – precisò Gazza.

– Ecco cosa facciamo: una cassetta.

Mi guardavano senza capire dove volessi arrivare.

– Sentite, non ci fanno entrare da Carlo, benissimo. Ci entriamo lo stesso. Gli registriamo una cassetta e gli raccontiamo tutto quello che non possiamo dirgli di persona finché è chiuso là dentro –. Ero orgoglioso della mia trovata.

– Non è una cattiva idea, – disse Pico, lisciando la piega

laterale dei capelli che lo faceva somigliare al cantante dei Franz Ferdinand. – E che cosa gli diciamo? – aggiunse perplesso.

– Voi cosa gli direste se fosse qui con noi adesso? – domandai.

– Gli ordinerei una birra, – rispose sicuro Gazza.

– Okay, parliamogli anche di birra allora, perché no. Tutto quello che ci viene in mente lo registriamo e lo facciamo portare dentro da Valeria.

– Voi che avete fatto l'università ce li avete quei registratori che si usano durante le lezioni, no? – chiese Gazza, fermo alla maturità classica.

– Io ce l'ho da qualche parte.

– Anch'io.

– Ci prenderà per scemi, – disse il sosia del Franz Ferdinand, soddisfatto a questo punto del progetto, oltre che della sua piega.

– Allora ci state?

Pico fece la sua faccia da ottimista. Gazza ruttò. Lo prendemmo tutti come un sí.

## *Rec*

Mi spieghi come ti è venuto in mente? No, davvero, come ti è venuto in mente a nove anni di pisciare nel pentolone della pasta?

Quei cinque facevano la spia per tutto, erano stati loro a dire che avevamo rotto il vetro in classe, con il pallone. Bastardi.

Sono stati Gianfrancesco e Carlo, avevano detto.

Chissà che persone viscide sono diventate da grandi, non mi ci far pensare.

Ti ricordi che a mensa le suore sorvegliavano la cucina come una base militare? Tu hai trovato campo libero giusto quei trenta secondi, abbastanza per svuotare la vescica dentro il pranzo.

Poi mi hai detto: – Rubens, non prendere il primo rosso.

Nel gruppetto nemico, infatti, prendevano sempre il primo al pomodoro, quello bianco non gli piaceva. Il formaggio faceva male o era troppo grasso, qualcosa del genere.

Dementi.

Ecco, ci stavo ripensando proprio adesso.

Come ti è venuto in mente?

## 7.

Fate caso al tennista. Per tutta la vita, ogni giorno, ha avuto a che fare con le palle da tennis. Sa come maneggiarle, ne conosce a memoria l'aspetto, il modo di rimbalzare, il peso. Avete mai visto Agassi chiedere le palline al raccattapalle e farsele scappare di mano? Mai. Ne acchiappa tre, velocissimo, senza guardare, senza farle mai cadere, neanche per sbaglio. Le fa roteare fra le dita, per scegliere le migliori, perché al tatto sa già quanto è gonfia ciascuna, come si comporterà durante lo scambio con l'avversario. Le fa passare da una parte all'altra della mano come fossero incollate tra loro. Ne seleziona una, l'altra se la ficca in tasca, e prima di battere la fa rimbalzare a terra con l'elasticità di una molla. Provateci, non ci riuscirete mai, a meno che come Agassi non abbiate l'hobby di giocare a tennis otto ore al giorno.

Fate caso a quelli che lavorano dietro gli sportelli delle banche. Hanno a che fare con i soldi dalla mattina alla sera. Afferrano le mazzette, si leccano il pollice e sfogliano le banconote alla velocità della luce, contandole, come calcolatrici, senza sbagliare mai di un centesimo. Provateci, e perderete il conto dopo venti euro.

È una questione di abitudine. Certe cose, a forza di farle, vengono naturali.

Per questo Gazza maneggia la pinta di Guinness come Agassi le palline da tennis, perché è abituato. L'ho visto piú volte pisciare usando entrambe le mani e tenendo la sua media, piena fino all'orlo, sotto l'ascella, come un quotidiano, e posso scommettere la mia collezione di dischi per suicidi che non ne fa cadere una sola goccia.

Quella sera io e Pico non fummo da meno, riuscimmo con facilità a tenere il passo del nostro amico. Fu la Guinness a farci decidere per l'ultimo tentativo prima di andare a letto.

– Non ci fanno neanche entrare dentro l'edificio.

– Rubens, certo che ci fanno entrare, è un ospedale, mica chiude, – disse Pico.

– Eventualmente fingiamo un malore, con i panini al prosciutto sudato che ci siamo mangiati saremmo credibili, – la buttò lí Gazza.

Entrammo nell'ospedale e impiegammo il nostro quarto d'ora canonico per cercare il reparto di Carlo. Dopo esserci persi piú volte, ci trovammo finalmente in quella sala d'aspetto che conoscevamo. Davanti a noi c'era una porta opaca, con un pulsante per chiamare gli infermieri.

– Pss… – fece Pico. – Guardate chi c'è lí.

– Dove?

– Lí, nell'angolo.

Non credevo ai miei occhi. Valeria stava dormendo su una poltrona della sala d'aspetto. Una poltrona verde, di quel materiale sintetico simile al velluto, che se ci passi sopra un dito rimane la sgommata. Non sembrava pulito, e neanche il massimo della comodità. Teneva le gambe rannicchiate sotto il sedere, la testa era appoggiata di lato, i capelli scompigliati sul viso, come se su quel bracciolo fosse letteralmente crollata per la stanchezza. Dalle scarpe, che ancora indossava, e da un libro aperto, rovesciato e abbandonato sulla pancia, si intuiva che il sonno l'aveva sorpresa all'improvviso.

– Vale… – Tappai la bocca di Gazza appena in tempo.

– Sshh. Zitto, fava, lasciamola dormire, – proposi sottovoce.

Pico e Gazza rimasero in silenzio a fissare Valeria.

Nessuno disse una parola per un bel po'. Gazza si appoggiò con la schiena e la testa al muro, io mi sedetti sulla prima sedia che trovai, Pico si lasciò scivolare con le chiappe sul pavimento e le spalle alla parete.

– Oh mamma mia, e voi chi siete?

La porta opaca si era spalancata. Scattammo. C'era una ragazza giovane, mora, i capelli legati e qualche ciuffo che sfuggiva all'elastico cadendo sul viso senza coprire i suoi enormi occhi scuri, il camice verde e gli zoccoli da ospedale, bianchi con i buchini.

Biascicammo qualcosa ricomponendoci.

Parlò Pico, mentre si rialzava dal pavimento della sala: – Siamo... siamo amici di Carlo, non si preoccupi, siamo passati prima per sapere come stava e... e a quanto pare siamo un po' stanchi e...

– Ragazzi, che fate qua?

Si era svegliata anche Valeria.

– Ciao Vale, ti abbiamo visto prima, non... non volevamo svegliarti, – disse ancora Pico.

– E vi siete addormentati anche voi. Susanna, sono gli amici del mio ragazzo: Rubens, Pico e Gazza.

Susanna era l'infermiera mora con gli zoccoli bucherellati. Che bel momento per le presentazioni. Valeria si alzò dalla poltrona, si strofinò gli occhi e venne verso di noi.

– Susanna, è possibile vedere Carlo? Solo un attimo, solo per fargli sapere che siamo qui, – Pico ormai era lanciato.

– Sei tu Pico?

– Sí, sono io.

– Carlo qualche ora fa mi ha detto qualcosa come: «Strano che i miei amici non siano ancora riusciti a entrare. Su

Pico avrei scommesso dei soldi». Cosí mi ha detto. Parla poco, ma in quel poco, parla praticamente solo di voi. Siete molto uniti vero?

Pico scoppiò a piangere come un bambino. Si coprí la faccia voltandosi di spalle. Non l'avevo mai visto piangere. Adesso potevo dire di conoscerlo veramente. Finché non vedi una persona piangere, non la conosci del tutto. Quel lato di Pico, rimasto nascosto in anni di forzato ottimismo, ce lo fece diventare piú amico di prima.

– Allora, Susanna, prima che questo ragazzo ci consumi tutti i kleenex, ci fai salutare il nostro amico? – provai io stavolta.

– È notte, ragazzi, e questo è un reparto rianimazione. Andate a casa, ne avete bisogno. Il vostro amico è in buone mani. Okay, Pico?

Pico si asciugò le lacrime. Il pianto era durato solo pochi secondi, era lí pronto per scoppiare da una trentina d'ore, e aspettava solo una scusa, come era successo a me al ritorno dall'ospedale la prima volta.

– Okay. Grazie Susanna. Andiamo a casa, – propose Pico, controllandosi la piega con le dita. È un gesto che fa quando pensa intensamente a qualcosa, o per reprimere l'agitazione, come in quel caso. O forse era per darsi un tono davanti alla giovane infermiera.

Susanna sorrise.

Valeria ci abbracciò: – Grazie per essere venuti. Appena mi fanno tornare dentro racconto tutto a Carlo. Fatevi una bella dormita, ci vediamo domani.

La baciammo, sapevamo che sarebbe rimasta lí fino al mattino. Barcollanti e rintontiti sgattaiolammo fuori dall'ospedale, evitando accuratamente che qualcuno di turno, notando il nostro stato, ci proponesse di farci ricoverare per la notte.

– Ce la facciamo a tornare a casa ognuno col proprio mezzo? – chiese Pico, esibendo una responsabilità e una premura mai avute prima.

– Mi fido di Monica Vitti, – lo rassicurai.

– Io di questo rottame, – seguí Gazza in sella al suo Nrg tamarro. Quando aveva già dato la prima sgasata e percorso qualche metro, si voltò e gridò: – Comunque quella Susanna c'ha un paio di poppe che ti leva dai calzini! A domani!

Guardai Pico: – Ti leva dai calzini?

– Sarà un modo di dire finlandese.

– Sarà. Buonanotte Pico.

Con una zampata accesi Monica Vitti. Il rombo del motore mi fece capire che fra tutti noi lei era la piú sveglia.

In camera, seduto sul letto, prima di crollare in un sonno profondo e sacrosanto, buttai un occhio alle pareti. Non ricordavo l'ultima volta che avevo dormito lí. A dirla tutta, ormai non ricordavo neanche l'ultima volta che avevo dormito. Ovunque guardassi, trovavo foto che avevano sulla mia insonnia l'effetto della benzina sul fuoco. In una c'eravamo io, Carlo e altri giovani calciatori a dodici anni. Alzavamo la coppa per la vittoria del campionato. Le divise ci stavano tanto larghe che, infilate nei calzoncini, svelavano il numero di maglia solo in parte. In un'altra eravamo tutti e quattro ad Amsterdam durante un interrail, con facce che, in confronto, quella che avevamo in quel momento dopo due giorni di veglia era da prima serata. Che viaggio.

C'era anche una foto di me e Anita, durante un'estate in Thailandia. Eravamo a Koh Tao. Riconoscevo Shark Bay, col suo scoglio liscio che usciva dal mare simile alla pinna di uno squalo. Non mi ricordavo che anno fosse. 2004? Può darsi. Domani la devo togliere, pensai. Sul cellulare niente, nessun messaggio. Troppo impegnata in mostre, là dentro il telefono non prende di solito. Fui tentato di scriverle ancora per raccontarle la mia giornata. Scrissi le prime parole: «Sono a casa. Sono tornato per...», ma le cancellai immediatamente.

*Rec*

Come si chiama quel libro bellissimo che mi hai regalato? *Eureka Street*, vero? Io per i titoli sono negato, li dimentico sempre.

Comunque, in quel libro c'era un tizio che faceva i soldi in un modo geniale. Metteva un annuncio su un giornale: «Vendesi vibratore gigante, soddisfatti o rimborsati». Poi mandava assegni con una scritta grossa cosí: «Rimborso vibratore gigante» a tutti quelli che avevano pagato con un vaglia il pisellone, che ovviamente non avrebbero mai ricevuto.

Cosí lui si intascava tutto senza rubare nulla a nessuno.

Pensai di fare la stessa cosa, ti ricordi? Anche Rubens e Pico, come te, mi avevano consigliato di cercarmi un altro tipo di business.

Ora che mi ci fai pensare, devo averlo prestato proprio a Pico quel libro, ecco dov'è.

Non gli presto piú niente a quel cretino, riuscirebbe a derubare anche sua mamma.

Ah, toglimi una curiosità, ma lí dentro la puoi bere la Guinness?

8.

Quando aprii gli occhi, la radiosveglia degli anni Novanta che stava sul comodino segnava le dodici e ventuno. Un orario palindromo. Era una strana coincidenza, ma soprattutto era tardi. Avevo bisogno di recuperare un po' di ore di sonno e non mi sentii in colpa per non essermi svegliato prima. Probabilmente in quel momento Valeria o i genitori di Carlo stavano entrando da lui. Decisi che li avrei raggiunti all'ospedale in tempo per le ultime nuove.

Il mal di testa mi fece capire che la sera prima con Gazza e Pico avevamo esagerato con la birra. Spalancai le finestre della camera e buttando lo sguardo fuori, nel giardino di casa dei miei, mi accorsi che era estate. A Milano non me ne ero ancora reso conto. È una questione di profumi.

Sentii l'odore intenso e corposo del gelsomino, notai il ciliegio con i frutti già maturi (mi sarei arrampicato in mutande, a spogliarlo del tutto, ma era già tanto se riuscivo a stare in piedi), altre piante di cui non ricordo il nome, ma saprei riconoscerne il profumo da lontano.

Tutto quello di cui avevo bisogno era un caffè, qualcosa da mangiare e una doccia, dopodiché sarei volato da Carlo.

Usai la moka. I miei hanno una macchina da caffè di ultima generazione, con le cialde di diversi colori e aromi, di quelle che te lo fanno come al bar, ma ero abituato da anni a usare la Bialetti. Mi sveglia di piú il rito della preparazione della moka che il caffè stesso.

Provai a lavare via i postumi della sbronza con una doccia fredda. Ci riuscii solo in parte, il resto dell'*hangover* se ne sarebbe andato da solo, sconfitto progressivamente durante la giornata.

Me ne stavo immobile sotto il getto d'acqua, che pungeva con i suoi aghi gelati quel tanto che bastava a completare il risveglio, e mi venne in mente che avevo sognato Anita anche quella notte. Ero in ascensore e, scendendo al piano terra, la vedevo per pochi istanti dall'oblò della cabina, ogni volta che superavo i piani. Sapevo che era lei, ma mi si presentava a ogni pianerottolo con un aspetto diverso. In un piano aveva lo stesso camice da ospedale di Susanna, nell'altro somigliava a una che lavorava al pub, poi teneva in mano un panino, lo stesso al prosciutto sudato che avevo mangiato la sera prima. Non esisteva nessun libro dei sogni capace di spiegare e io abbandonai ogni tentativo di interpretazione, altrimenti sarei rimasto per giorni dentro la doccia.

In mezz'ora ero pronto. Con la luce del giorno, l'arancione della mia vespa era accesissimo. Monica Vitti sembrava ringiovanita di vent'anni. Un attimo prima di salire in sella mi squillò il telefonino. Anita, pensai. Ha letto il messaggio del sogno, ha provato a fare la superiore per un po', ma non ha resistito. Lo sapevo. Prima o poi avrebbe ceduto. Anzi, sai che faccio, se è lei quasi quasi non le rispondo, cosí le restituisco pan per focaccia.

Era Maraschi. Mi ero dimenticato di lui. Proseguii per un po' con l'idea di non rispondere, poi sugli ultimi squilli schiacciai il tasto verde.

– Come sta il tuo amico? – chiese il mio caporedattore.

– È in rianimazione, se la caverà.

– Mi dispiace. So che non è facile per te, ma dobbiamo

parlare di lavoro. Tra un paio di giorni dovresti andare in Germania, e prima di partire dovresti anche passare dal giornale. Come facciamo?

Guardai Monica Vitti, e mentre fissavo la ruggine avevo in testa l'immagine di Pico e Gazza sdraiati in sala d'aspetto, di Valeria che dormiva lí vicino, e delle poppe di Susanna che ti levavano dai calzini.

– Gianfra? Gianfrancesco? Mi senti?

Pensai a Carlo, avevo voglia di vederlo, non appena fosse stato possibile.

– Gianfra ci sei?

– Non posso tornare, non adesso, – sentii la mia voce dire al caporedattore dello *stampatissimo* «24/7».

– Come sarebbe? Gianfra devi andare un mese in Germania a seguire i mondiali, ti ricordi? In ufficio ti invidiano tutti per questo. Come sarebbe che non torni? – Maraschi era allibito.

– Non ce la faccio. Credo sia meglio rimanere qui. Posso lavorare da qua se vuoi, altrimenti contamele come ferie mai usate, – proposi.

– Come fai a lavorare da là? Abbiamo interviste già fissate, voli e alberghi prenotati, non dire cazzate, Gianfra, un'occasione cosí!

– Lo so, mi dispiace moltissimo, non sai quanto avrei desiderato andarci, ma per un po' di giorni non posso muovermi da qui. Non ha senso che me ne vada a Berlino a vedere Gattuso allenarsi mentre il mio migliore amico rischia di rimanere tetraplegico.

– E adesso che gli dico a Baldi? Con tutte le belle parole che ho speso per te. Ci mandiamo Annunziato?

– Digli la verità. Se è vero che tutti mi invidiano, un sostituto lo trovi sicuramente. Perdonami, ma non posso fare altrimenti.

– Sei sicuro Rubeni? – quando Maraschi mi chiama per cognome significa che gli stanno girando le palle.

– Sicurissimo.

– Prenditi due settimane, venti giorni, un mese, quello che ti pare, diciamo, di vacanza. Stai vicino al tuo amico, fai quello che devi fare e poi quando sei pronto ti voglio in ufficio. Con questa mentalità non farai mai carriera, ricordatelo, Rubeni.

– Me lo segno.

In poco tempo Monica Vitti, sfilando sotto il sole, mi accompagnò di fronte all'ospedale. Questa volta avrei trovato la strada per il reparto di Carlo alla prima.

Divertiti, Annunziato. Io c'ho da fare.

*Rec*

Non possiamo entrare. Ci abbiamo provato in tutti i modi. Siamo sempre qua fuori comunque. Ci passiamo le giornate qua fuori, Gazza parla sempre di ricette, ne ha imparate di nuove in Finlandia e ora le insegna alla tu' mamma, alla mia, e a quella di Rubens.

Devi vederlo, sembra Suor Germana, pomeriggi interi a parlare di soffritti, bolliti, zuppe, e tutte le signore che pendono dalle sue labbra.

Rubens invece parla con la sua vespa, la solita, Monica Vitti.

Come puoi notare anche noi non siamo messi molto bene. Se dovessi uscire e non trovarci, cercaci al reparto neurologico, ci avranno messo di sicuro tutti quanti là.

Meno male che c'è Valeria, nel gruppo mi sembra l'unica normale.

Dice che stai meglio, che presto ti toglieranno quel tubo dalla gola e ti porteranno dove potremo finalmente entrare anche noi. Manca poco, stressiamo ogni giorno Susanna nell'attesa.

A proposito, carina quella Susanna, l'infermiera, quella con le poppe grosse. Ci abbiamo fatto amicizia, la vediamo tutti i giorni ormai. Sai per caso se è fidanzata?

Se ti capita ce la metti una buona parola per il tuo amico Pico?

*Via libera*

# 9.

Gli zoccoli con i buchi di Susanna ci facevano strada nel corridoio del Cto, il centro traumatologico ortopedico, dove si trovava Carlo uscito dalla rianimazione. L'eco delle suole mi agitava, le avrei chiesto di camminare scalza, se solo quei passi non mi fossero serviti a non sentire il volume dei miei battiti. Dentro il petto i bassi pulsavano come musica techno berlinese, anche se non volevo sentirli mi rimbombavano fino alle tempie.

Appese alle pareti c'erano immagini di persone in sedie a rotelle che guardavano oltre una finestra o leggevano, e foto che mi inquietavano, sembravano scattate da David Lynch: ragazzi in acqua con i galleggianti, quei tubi di simil polistirolo che si usano in piscina per fare fisioterapia.

Alle spalle di Susanna c'ero io. Guidavo il gruppo, gli altri due camminavano dietro di me in fila indiana. I neon, come lampi, mi accecavano a intermittenza, tanto da farmi chiudere gli occhi. Mi veniva da piangere. Un'altra volta. Forse se mi fermo un attimo mi passa, mi dicevo, tutto voglio fare meno che piangere davanti a Carlo e agli altri, sarebbero pure capaci di prendermi per il culo. Avevo paura. Tanta.

Avevamo aspettato a lungo quel momento, e adesso non eravamo sicuri di essere preparati. Il giorno prima, Valeria ci era venuta incontro: «Domani esce dalla rianimazione. Ha recuperato in quindici giorni quello che di solito richiede un mese e mezzo. Gli tolgono il tubo e lo portano al Cto, dove farà fisioterapia e cercherà di recuperare il piú possibile».

La sensibilità dalla vita in su era aumentata. Carlo muoveva anche le braccia, ma non le mani. Dalla vita in giú, ancora nulla.

In ventuno giorni, Carlo aveva riso in faccia alla morte, aveva ripreso i sensi dopo l'impatto con la sabbia e aveva ricominciato a respirare autonomamente senza l'ausilio della tracheotomia. Bastava già questo per farlo entrare nella top ten dei casi record.

Il corridoio portava in una stanza molto grande. Al suo interno, una macchina del caffè e un distributore di snack, un tavolo da ping-pong e due ragazzi che giocavano, seduti sulle sedie a rotelle alle due estremità del rettangolo di gioco. Uno dei due, prima di colpire la pallina verso l'avversario, mi guardò e alzò la racchetta. Interpretai quel gesto come un saluto e risposi alzando la mano. Aveva due bicipiti grossi ognuno quanto una mia gamba, i capelli lunghi e ricci che cadevano sulle spalle.

Superammo la sala, varcammo una porta opaca, come quella che già conoscevamo da un paio di settimane, e imboccammo un altro corridoio, seguendo il ciabattare sicuro di Susanna. Questa volta non c'erano foto sui muri, le pareti erano spoglie, bianche, era rimasta soltanto la luce dei neon, che aveva smesso di singhiozzare ed era diventata piú intensa. Buttavo l'occhio al di là delle porte che ci scorrevano ai lati e sentivo lo stomaco contorcersi. In una di quelle stanze c'era Carlo. Mi mancava, da quanto non lo vedevo, ma ora avevo paura di incontrarlo. Paura di me. Temevo di non reggere la portata emotiva del momento. E se lo avessi trovato col morale a terra, se non fosse stato in grado di parlarmi, se non avessi trovato io le parole adatte per affrontare il nostro primo incontro della sua nuova vita, se mi fosse apparso per qualche motivo irriconoscibile? Stavo delirando. Non sono mai stato medaglia d'oro di nervi saldi. Un paranoico come il sottoscritto non dovrebbe mai percorrere certi corridoi.

– Ci siamo, ragazzi, – avvertí Susanna. La gita era finita. – Venite, Carlo è qui dentro.

Nella stanza c'erano quattro letti, due su una parete, altrettanti su quella opposta. Riconobbi subito quello di Carlo, perché sul comodino, accanto a una bottiglia d'acqua, c'erano un pacco di Grisbí, quelli con la cremina di nocciola dentro, da sempre i suoi biscotti preferiti, e un succo di pesca. Alle elementari, durante l'ora di ricreazione, cercavo ogni mattina di convincerlo che il mio succhino al gusto pera fosse piú buono, perché ha quei microgranellini che senti sotto i denti e che ti dànno soddisfazione, facendo sembrare vera polpa quello che stai bevendo. Non ne ha mai voluto sapere e ha continuato per la sua strada, con il suo banalissimo gusto pesca. Vicino alla bottiglia notai un vecchio walkman e, di fianco, le nostre cassette.

Di fronte all'ingresso, in fondo, un'enorme porta a vetri illuminava la camera di luce naturale. Là fuori si intravedeva un giardino. Mal curato, ma pur sempre un giardino. Carlo se ne stava là, a guardare oltre la vetrata. Era seduto su un'enorme sedia a rotelle, la testa e le spalle poggiate su un alto schienale.

– Carlo...

Ci avvicinammo senza far rumore. Era il passo di un ninja, lento perché contenuto. L'istinto ci avrebbe fatto saltare sul nostro amico come se avesse fatto un goal all'ultimo minuto di una partita importante. Non aveva piú i riccioli modello afro che lo avevano da sempre contraddistinto, ma una testa rasata quasi a zero, i capelli della stessa lunghezza della barba. Un grande cerotto se ne stava appiccicato sul pomo di Adamo, dove fino a poche ore prima passava il tubo che lo aiutava a respirare.

– Non è Central Park, ma per essere in un ospedale è una vista da mille e una notte –. Carlo buttò un altro sguardo oltre la vetrata, la sua voce era bassa, affaticata, ma si faceva capire. – Alla buon'ora, – aggiunse.

– Abbiamo avuto qualche problema a eludere le guardie che ti sorvegliavano, – rispose Gazza.

Poi niente, nessuno riuscí ad aggiungere un suono, buttare lí una parola, sarebbero state troppe, e avevamo qualcosa in gola che le bloccava tutte, rimbalzandole al mittente invece di farle uscire. Solo il silenzio, mescolato alle voci lontane di medici e infermieri e ai loro passi nel corridoio.

Essere in imbarazzo fra di noi ci procurava ancora piú imbarazzo. Mai successo, era strano. Poi Carlo interruppe il silenzio con un suono gutturale, quello che si fa quando si trattiene una risata. Fu contagioso, un secondo dopo anche Gazza non riuscí a frenare in tempo la voglia di ridere. Nel giro di pochi secondi stavamo ridendo tutti e quattro come schizzati.

Nessun pianto, nessun abbraccio commovente, nessuna scena madre.

Che cazzo c'era poi da ridere? Il nostro era uno sfogo, una risata isterica. Quella che fanno i pazzi. Quella del Joker.

Quando le risate cominciarono a calare, ci guardammo intorno di nuovo un po' imbarazzati. Gli altri tre letti della stanza erano occupati da un ragazzo giovanissimo – a guardarlo non arrivava alla ventina – che parlava a una signora: avrei scommesso fosse la madre, data la forte somiglianza; da uno con la barba incolta e i dread che avrà avuto a occhio e croce la nostra età, e da un tizio con gli occhi a mandorla rannicchiato sotto le lenzuola, terrorizzato dalla nostra presenza, neanche fossimo arrivati a prenderlo una volta per tutte.

Carlo ci fece cenno col capo di avvicinarci un po' di piú. – Il cinese, lo vedete?

– Sí, quello nel letto accanto alla vetrata, – osservai.

– Ecco. Me lo sono trovato vicino anche in rianimazione. Mi segue come un incubo. Giusto perché non mi posso muovere, altrimenti durante la notte l'avrei già preso a schiaffi piú di una volta.

– Poverino, che ti ha fatto? – domandai.

– Russa, si dispera e scoreggia. Tutte e tre le cose nel modo piú rumoroso che esista. E questo lo fa sotto morfina, se non lo drogassero dormiremmo tutti in giardino. Adesso è calmo, ma dovreste sentirlo di notte. Non ti fa chiudere occhio. Attacca puntuale alle dieci di sera e finisce il mattino dopo, come se si organizzasse per rovinarti la giornata.

– Hai provato a dirgli qualcosa? – fece Pico.

– Eccome, ma non capisce una parola d'italiano, sa dire solo «dottole». Gli ho detto che abbiamo capito tutti che stava male e di non rompere le palle, ché pure noi altri non siamo qui a fare i fanghi e i massaggi, ma lui mi sa rispondere solo «dottole»...

Carlo era magrissimo e pallido come non lo avevamo mai visto.

– Sapete che c'è? – riprese fiato. – Non riesco a disperarmi come fanno loro. Ci provo a volte, ma mi viene di fare altro. Per esempio chiamare la peruviana per prenderla per il culo.

– La peruviana? – chiedemmo in coro. Eravamo noi a volergli raccontare tantissime cose, e invece ci aveva fregati sul tempo.

– Sí, la peruviana. Non so neanche il suo nome, né che ruolo abbia all'interno dell'ospedale. Si presenta qui un giorno sí e uno no snocciolando nomi di santi, nominando il Regno dei Cieli, la pace perpetua e altre cose che ci sono dopo che schiatti, se tutto va bene. Vi giuro che anche da paralizzato riesco a toccarmi le palle.

Eravamo catturati come bambini che ascoltano una favola.

– A volte mi chiedeva aiuto per tradurre in spagnolo delle preghiere in italiano che aveva trovato su un libro. Poi ho iniziato a chiamarla io, per raccontarle storie su di me totalmente inventate, per esempio che sono un attore porno e cose di questo tipo, cosí, per ridere, per non annoiarmi, e lei che prega davanti alla sequela dei miei peccati, – ridacchiò. – Se non la prendo cosí, non ne esco piú.

Avevamo di nuovo Carlo, identico a come lo avevamo lasciato.

– Usciamo di qui, cosí chiacchieriamo tranquilli, sennò aizziamo il cinese e fino a domani mattina non ci dà pace, – propose.

– Andiamo, guidaci tu, – dissi, afferrando i manici della sedia a rotelle. Ricordo la sensazione che provai impugnando le manopole lisce e nere. Tanto per cominciare mi sudarono le mani, e la cosa non mi capita mai. Dovetti tirare un respiro profondo, altrimenti non sarei riuscito a fare neanche un passo. Di colpo pensai che non sarebbe stata l'unica volta, che forse avrei spinto quella sedia per anni. Avremmo avuto i capelli bianchi e io l'avrei spinta ancora. Nessuno si chiede mai cosa succederebbe se dovesse trovarsi ad accompagnare il suo migliore amico su una sedia a rotelle. Io non ci avevo mai pensato, fino ad allora. Da quel momento iniziai a pensarci in continuazione. Che si prova, Rubens, a spingere il tuo migliore amico su una carrozzella? Allora, Rubens? Che si prova? La risposta è che non lo so.

Carlo ci guidò nella sala mensa, dove chi aveva la possibilità di alzarsi dal letto poteva venire a mangiare anche pietanze portate da fuori. C'erano un forno, un rubinetto e un paio di fornelli che chiunque poteva usare nelle ore dei pasti. Mancavano un paio d'ore alla cena, la stanza era vuota. Solo tavoli grigi con le gambe di metallo, e sedie dello stesso colore, come quelle che ci sono a scuola. Ci sedemmo.

– Come si mangia qua? – chiese Gazza. Deformazione professionale.

– Di merda si mangia qua, – rispose Carlo. – Hai mai sentito di un grande chef che ha lavorato nelle cucine di un ospedale?

– No, ma io conosco soprattutto la scena finlandese.

Gazza a volte parla di cucina come un critico musicale parla di dischi.

– Se anche negli ospedali di Helsinki fanno il purè che sembra pongo, e la carne ha il sapore di suola delle scarpe, allora fra la scena finlandese e quella fiorentina non cambia molto. Per fortuna mi arrangio in altro modo. Un po' Valeria, un po' mia mamma e le vostre mi portano qualcosa di commestibile.

– Sei a posto, sono tutte delle bravissime cuoche. E poi ora hai anche Gazza, – gli dissi.

– La veggo buia ragazzi, – fece Carlo bruscamente, mantenendo un'espressione serena. Aveva perso una decina di chili dal giorno dell'incidente. Stava ricominciando a mangiare dopo essersi nutrito per due settimane con flebo e poco altro, e pian piano avrebbe smesso di essere bianco come un Macbook, come diceva lui.

– Che significa che la vedi buia? – chiese Pico.

– So benissimo cosa mi è successo, tornerò a camminare solo grazie a un miracolo... – Si schiarí la voce con un colpo di tosse: – E se al Mister lassú, che tutto vede e a tutto provvede, dovesse avanzare un miracolo, non credo se lo giocherebbe con me.

– Perché no? Te l'ha detto la peruviana? – tentai di scherzare.

– No, lo dico io. In fondo cosa ho mai fatto per meritarmi un miracolo?

– Una volta mi sei venuto a prendere con la macchina fuori città. Ero rimasto a piedi in culo ai lupi, era notte fonda e faceva freddissimo, ti ricordi? Questo per me basta a farti meritare un miracolo, – sancí Pico.

– Occorre di piú, temo, – commentò Carlo.

– E quella volta che hai contribuito a pagarmi una multa per divieto di sosta, dove la mettiamo? – la buttai lí.

– Ancora non basta, – rispose sfiduciato.

– Hai ragione, – prese la parola Gazza, – fossi in Lui, lassú, neanche io lo farei a te il miracolo. Non sei un missionario, fai poca beneficenza, fatta eccezione dell'sms con cui una volta hai donato un euro ai bambini africani, e come se non bastasse hai commesso un sacco di atti impuri, – rise. – Sai quanti ne hai davanti?

– Vero.

– Vorrà dire che aspetteremo insieme. Immagina di aver preso il numerino: sei in coda, e appena lassú avanza qualcosa, vedrai che tocca a te, – dissi, cavalcando la scia mistico-visionaria dei miei amici.

I nostri discorsi sui miracoli furono interrotti da Valeria. Aveva posticipato il suo arrivo per lasciarci soli. Il tempo con Carlo era volato. Lui doveva tornare a letto per la cena.

– Fate i bravi e salutatemi quelli del pub.

La coppia piú bella del mondo si avviò verso la camera.

– Ah, Rubens... – mi richiamò Carlo. La voce mi sembrava ancora piú rauca da lontano, e mi fece impressione notare come le sue gambe da calciatore si fossero assottigliate. – Non ho mai pisciato nel primo rosso.

– Cosa? – Non capivo a che si riferisse.

– Nel primo rosso, quella volta a scuola... È stata una finta. Volevo solo farglielo credere a quei ragazzini viscidi per vendicarci, e ci siete cascati tutti, compreso te.

Valeria non aveva la benché minima idea di cosa stessimo parlando.

Le nostre cassette. Carlo le aveva ascoltate tutte dall'inizio alla fine.

– Mi racconti le frottole come alla tua amica peruviana?

– No, l'ho fatto solo una volta, ma dopo vent'anni tu ci credi ancora.

D'improvviso pensai che se in terza elementare lui non mi avesse detto che Babbo Natale non esiste, la notte della vigilia sarei ancora lí a preparare pane e salame per il mio ospite e le sue renne. È come se fosse cresciuto prima di me, sempre in anticipo di un paio d'anni. Mentre io sono sempre stato un boccalone.

Li guardai andarsene. Valeria spingeva la sedia a rotelle e rideva. Lui la faceva sempre ridere. Provavo ogni volta un misto di invidia e felicità nel vederli insieme.

– Andiamo, Rubens, – mi scosse Pico.

Ero rimasto impalato come un fesso. Stavo pensando che anch'io facevo sempre ridere Anita. Come si sarebbe comportata lei se al posto di Carlo ci fossi stato io? Se mi fossi schiantato con la vespa tornando a casa quella sera, Anita si sarebbe fatta viva?

A un passo dal parcheggio sentimmo Susanna chiamarci.

– Volevo salutarvi.

– Scusaci, abbiamo passato un po' di tempo con Carlo e ci siamo dimenticati di cercarti. È stato bello rivederlo, – le dissi.

– Toglietemi una curiosità. Quando siete entrati in camera, mentre me ne andavo vi ho sentito. Si può sapere di cosa ridevate?

Guardai gli altri due in cerca di una riposta. Ci pensò Pico, come al solito: – Non sono sicuro che stessimo proprio ridendo.

## 10.

Il giorno in cui Carlo si è tuffato sulla sabbia nascosta da pochi centimetri d'acqua torbida, Pico se ne stava alla finestra del suo ufficio a guardare le vie affollate di Södermalm aspettando la pausa pranzo. Lavorava per l'ambasciata italiana di Stoccolma, dove si trattava bene non tanto grazie allo stipendio, qualche corona svedese che si traduceva in poco piú di mille e cinquecento euro al mese, quanto al contributo che i suoi gli versavano sul conto regolarmente. La famiglia di Pico aveva un sacco di soldi. Tra le tante attività che gestiva, spiccava nel centro di Firenze una scuola di informatica, fondata dal nonno di Pico, un pioniere nel campo (il suo nome compare anche su Wikipedia), noto per aver perfezionato sistemi per la stenografia e la dattilografia, e aver scritto piú di cento libri a riguardo. Avevo provato, insieme a Gazza, a seguire uno dei corsi, vista l'insistenza del padre di Pico, al quale avrebbe fatto piacere diffondere il verbo della famiglia tra gli amici del figlio. I risultati furono vergognosi, tutti e due abbandonammo l'impresa dopo due settimane. Quando dovetti per forza imparare a mandare un'e-mail con l'allegato, mi pentii amaramente di non aver sfruttato le mie conoscenze nella lobby dell'informatica.

Si potrebbe dire che Pico sia un figlio di papà. È vero, ma non è l'odioso stereotipo del figlio di papà, nossignore. La carriera all'interno delle varie attività di famiglia lo aspettava come un elegante e comodo tappeto rosso, ma lui l'ha evitata in tutti i modi, andando a finire addirittura a Stoccolma, una città diversa da quelle in cui emigrano i figli dei ricchi, affamati di master da migliaia di euro e carriere da yuppie. Pico ha sempre avuto una vena di anarchia e anticonformismo che me lo ha fatto rimanere simpatico fin dall'inizio. Siamo amici dallo stesso giorno in cui ho conosciuto Gazza. Erano in classe insieme, entrambi un anno avanti a scuola rispetto a me, prima che il sosia di Gascoigne fosse bocciato. L'anno dopo la bocciatura di Gazza, per colpa della scritta «non ammesso» in rosso accanto al suo nome, ci raggiunse anche Pico.

Quando penso a lui, mi viene in mente il terrazzo di casa dei suoi. Enorme, pieno di statue e colonne, un'ampia loggia appoggiata all'ultimo piano di un palazzo a poche spanne dal Duomo, affacciato sul bellissimo orto botanico, detto anche Giardino dei Semplici. Una vera meraviglia, uno dei posti migliori di Firenze, dal quale ci divertivamo a lanciare uova scommettendo su quale pianta sarebbe stata colpita. «Cinquemila lire che prendo il cotogno esattamente sul tronco. Dieci che lo spiaccico sulla seconda pianta carnivora da destra...», e via dicendo. Ho un brivido di vergogna a pensare che trascorrevamo intere serate a bombardare il terzo orto piú antico del mondo.

I genitori di Pico avevano la stanza dall'altra parte della casa, in fondo a un corridoio lungo quanto una piscina olimpionica, cosí era proprio in quel paradiso al nono piano che portavamo spesso le fanciulle il sabato sera. Lí non potevamo fallire, perché da lassú Firenze ci aiutava. Si vedeva tutta la città, la potevi sfiorare. Ancora oggi, ripensando alle pomiciate che ho fatto su quel terrazzo, mi fanno male le mascelle.

Dopo aver incontrato Carlo, decidemmo di non rifugiarci nel solito pub. Da quando eravamo tornati non avevamo fatto altro che casa-ospedale, ospedale-casa. Il pub, nelle serate di estrema mondanità. Nient'altro. Ma quella sera era diverso. Quella sera ci sentivamo un po' piú liberi. Tante paure erano rimaste, non le potevamo sopprimere, ma altre si erano allontanate alla vista del nostro amico, acciaccato, con un sacco di quesiti medici irrisolti sulle spalle, ma vivo, e soprattutto logorroico come prima.

Pico ci invitò a cena: – Facciamo una pasta veloce, niente di che, e intanto metto la televisione in terrazzo per guardare la partita.

Non potevo crederci, lo avevo dimenticato, e a un buon giornalista certe cose non devono succedere. L'Italia. C'era la prima dell'Italia ai mondiali, giocava contro il Ghana. Avrei potuto essere là, allo stadio, a verificare le condizioni dei giocatori come si fa con i cavalli prima delle gare, a intervistare chiunque mi capitasse a tiro, a scrivere pezzi incredibili che il giornale mi avrebbe pagato a peso d'oro, e invece non mi ricordavo neanche che si giocava. Tutto quel lavoro, in quel preciso istante, lo stava facendo il mio collega Annunziato. Me lo vedevo, con quello sguardo da saputello, il labbro inferiore che sporgeva vertiginosamente in fuori, fino a nascondere quello superiore. La smorfia di un bambino che fa le bizze. Era la sua espressione, sempre, sia che lavorasse davanti al computer sia che pisciasse o si lavasse le mani specchiandosi. La solita faccia da coglione, incastrata fra la bassa attaccatura dei capelli e il collo taurino.

Le squadre avevano da poco fatto il loro ingresso in campo e stavano ascoltando, schierate, l'esecuzione degli inni nazionali. Guardai al di là del magnifico terrazzo. La cupola del Duomo al tramonto aveva il colore della mia vespa. Di fianco a me, Pico stappava una Menabrea con l'accendino. Gazza teneva la mano sul cuore, rapito: – Ricordatemi che domani mi devo scaricare l'inno del Ghana, mi fa impazzire, non lo sentite com'è orecchiabile?

Macché Germania, mi trovavo esattamente dove volevo essere.

Cucinò Pico, anche se Gazza, impaziente, volle dare il suo contributo ai fornelli, personalizzando un semplice piatto di spaghetti al pomodoro con pinoli, alici e Dio solo sa quali altri misteriosi ingredienti trovati in cucina.

L'Italia vinse due a zero. Il risultato non ci fece né caldo né freddo. Una partita di calcio non era sufficiente per farci evadere dal frullato di emozioni in cui centrifugavamo da giorni.

Alla fine facemmo comunque un salto al pub. Al tavolo ci accorgemmo che Gazza aveva d'un tratto cambiato umore. Era silenzioso, la faccia allungata.

– Penso a Carlo su quella sedia, e a Eve, mi manca un po'. Sento proprio il bisogno di raccontarle cosa ho fatto oggi. Vado a casa a chiamarla, – disse. E se ne andò.

Non facemmo niente per trattenerlo. C'erano volte in cui per riportarlo a casa bisognava prenderlo di peso, e data la sua stazza non era una passeggiata, e altre in cui cambiava umore in un nanosecondo, trovava a malapena il tempo di salutare prima di girare i tacchi. Questa era una di quelle.

Pico e io rimanemmo al pub. Avevamo fatto amicizia con due americane, e con loro continuammo la serata. Nel giro di pochi minuti eravamo in una di quelle discoteche della città «con le scale che scendi sotto», come le chiamavamo noi. Sono tutte uguali, in tutte ti chiedono dai cinque ai quindici euro di tessera. Ballai per ore, o forse dieci minuti soltanto, con quella ragazza della West Coast, e mentre agitavo il mio corpo ubriaco al ritmo di una fastidiosa musica minimal e drum & bass, le raccontai tutto quello che mi era successo negli ultimi mesi, come fosse la mia migliore amica. Le dissi che ero innamorato e che la ragazza con cui convivevo mi aveva piantato senza un motivo, che forse il motivo era un fotografo della Milano alternativa, che mi mancava e la sognavo ogni notte, sogni strani in cui c'era sempre lei, diversa da com'era nella realtà. Ballavo e sputavo fuori tutti i fatti miei, ridendo, come se essere mollati fosse divertente, come se fosse tutto finito, acqua passata. Le raccontai che il mio amico era andato al mare con la sua ragazza, che si era tuffato e che per colpa di quel tuffo ora stava in ospedale, che non sapevo se sarebbe tornato a camminare, che l'avevo incontrato proprio quel giorno ed ero contento di averlo visto. Le dissi che Carlo aveva una ragazza stupenda, che Valeria gli era stata vicino dal primo istante dell'incidente e gli aveva salvato la vita, che non vedevo i miei amici da tanto, che vivevano lontano, dove fa freddo, dove d'inverno è sempre buio e d'estate è sempre giorno, che io stavo a Milano e che presto ci sarei dovuto tornare, anche se non volevo. E ballavo. E ridevo.

Anche l'americana rideva, un po' perché la musica era alta e le impediva di sentire ciò che le dicevo, un po' perché il mio inglese era piú scoordinato dei miei passi. Cosí Pico e io limonammo con le due nuove amiche come liceali, fino a quando i gestori del locale non ci invitarono a uscire impugnando la scopa, come si fa con i gatti randagi, sciò, sciò.

La biondina californiana rappresentava il contatto piú ravvicinato con una donna che fossi riuscito ad avere dopo la fuga di Anita, e per quanto insignificante mi gonfiò di soddisfazione. Guardami, Anita, guarda come me la spasso senza di te. Guardala, mi ha appena conosciuto ed è pazza di me.

Fuori da quel postaccio, sorpresi dalla luce del giorno, scaricammo le due amiche a stelle e strisce, che non sembrarono particolarmente addolorate dal nostro ben servito, e barcollando ci avviammo a piedi verso casa.

– Ma come si chiamava la tua? – risi sguaiato.

– Sai che non lo so? Non sono neanche sicuro che me l'abbia detto.

– Abbiamo fatto bene a lasciarle là, altrimenti sarebbe finita come quella volta del furto.

Due giovani amici ubriachi che tornano a casa all'alba non possono non ricordare le avventure passate con la malinconia di due anziani per i tempi che furono.

– Non mi ci far pensare, cos'erano: americane? – provò a rammentare Pico.

– Sí, anche loro. Di Cincinnati.

– È vero! Le portammo da me, e la mattina dopo ci avevano ripulito il portafogli a tutti e due. Ma ci pensò Carlo. Sapevamo in che albergo stavano e disse: «Me ne occupo io». Si presentò con il giubbotto di pelle, lo sguardo alla Clint Eastwood, come dice lui, e la tessera dello stadio, fingendo di essere un agente.

– Un grande! Si fece ridare tutto da quelle, perfino gli spiccioli, – conclusi con il tono che avrei usato per dire che un tempo qua era tutta campagna.

Il ricordo di quella disavventura ci fece ridere tanto che per poco non perdemmo l'equilibrio. Come se la strana risata scoppiata nel pomeriggio in ospedale fosse improvvisamente ripresa a una manciata di ore di distanza.

Pico rallentò l'euforia e il passo, e mi guardò: – Che fai, piangi?

– No, sto ridendo, non vedi?

– Scusa. Mi sembravano lacrime, quelle.

Mi strofinai i pugni sulle guance. Aveva ragione lui.

E per la prima volta Pico mi conosceva davvero.

11.

Non sapevo se fosse peggio avere in mente l'immagine di Carlo immobilizzato sulla sedia a rotelle o quella di Anita felice nel letto di uno sconosciuto. Entrambe mi facevano bruciare come la testa di un cerino.

La notte, sotto le coperte, cercavo la gamba di Anita. E non c'era. Ed era quella mancanza, piú di ogni altra, a farmi sentire fastidiosamente solo. Anita mi ha sempre rinfacciato che non riuscissi a dormire avvinghiato a lei. Facevamo l'amore quasi ogni notte, e poi coccole, bacetti, carezze e dududú-dadadà. Ma quando arrivava il sonno, mollavo la presa, cercando la mia posizione: pancia in giú e mani sotto il cuscino. Se non mi metto cosí non dormo, che colpa ne ho? Provate a spiegarlo a lei. Ma Anita dimenticava un particolare: non avrei potuto dormire senza accavallare la mia gamba alla sua. Valeva piú di qualsiasi abbraccio notturno. Ancora piú bello era svegliarmi di notte, accorgermi che mi ero spostato durante il sonno, e cercare la sua gamba, calda, rassicurante, nel buio della stanza. Quanto mi avrebbe fatto bene sfiorarla adesso mentre pensavo a Carlo e alle manopole fredde e scure della sua sedia. Immediatamente avrei scordato tutto, e dormito sereno come un bambino che la notte di Natale ha scartato tutti i regali che desiderava.

Andai e tornai dalla cucina una dozzina di volte (per fortuna casa dei miei non ha le distanze di quella di Pico), mi feci un paio di bicchieri di latte, mangiai biscotti pescati alla cieca, fumai una sigaretta, poi passai a qualcosa di salato, fumai ancora, poi di nuovo biscotti, finché non fu il mio stomaco, esausto, a inchiodarmi a letto. Provai a leggere, ma non riuscivo a concentrarmi sulle pagine. Stare svegli significava pensare a Carlo e Anita, che lo volessi o no. Chiusi il libro, cercai la posizione: pancia in giú, mani sotto il cuscino, e gamba destra sopra quella di An... Dàgli, ci casco sempre. Guarirai mai da questa ossessione, Rubens?

Mentre il piede scivolava a vuoto fra le lenzuola, mi venne in mente d'improvviso, anche se stavo pensando a tutto fuorché a lei. Danielle. L'americana di stasera si chiamava Danielle. Ed era pure bionda, occhi castani, non troppo alta, tette enormi. L'opposto di Anita. Peccato. Forse anche per questo non l'avrei rivista mai piú.

12.

– Tre, due, uno, via!

Erano le curve il problema. Sul rettilineo tenevo il passo, ma non appena i corridoi si intersecavano l'uno con l'altro non riuscivo a mantenere l'equilibrio necessario per svoltare e rischiavo di ribaltarmi. Cosí perdevo secondi e Carlo arrivava prima di me, e vinceva.

Ero seduto su una sedia a rotelle presa in prestito, Carlo sulla sua, entrambi spingevamo a tutta forza, i palmi delle mani sulle ruote, ci aiutavamo con urla e minacce all'indirizzo dell'altro per raggiungere la massima velocità. Come in *Fast and Furious*. Da poco l'Italia aveva battuto l'Australia agli ottavi di finale dei mondiali. Avevamo visto la partita in ospedale, nella stanza video, come veniva chiamata, una sala spoglia, poche sedie di metallo e plastica bianca rovinata, con un potente proiettore che sparava in continuazione film, videogiochi e programmi tv.

– E pensare che dovresti essere avvantaggiato, – mi fece Carlo, dopo aver tagliato il traguardo immaginario. Dall'incidente le sue mani erano semichiuse, come fosse in procinto di stringerle in un pugno. Riusciva a muovere le braccia quel tanto che bastava per far forza sulle ruote della sedia.

– Ho qualche problema sull'assetto, ma lo sprint ce l'ho, – risposi, sconfitto per l'ennesima volta.

I corridoi del Cto iniziavano a farmi meno paura, li avevo esorcizzati, e oltre ai neon ero riuscito a vedere anche la luce del giorno che passava dai pochi vetri spessi e puliti. Là dove qualche giorno prima rischiavo di perdere i sensi in preda al panico, adesso facevo gare di velocità in carrozzella con il mio migliore amico, come un idiota. Come due idioti.

– Ho capito, sei sotto, – mi disse, prima di concedermi la rivincita nel tragitto inverso. In pochi giorni, la sua voce stava tornando alla normalità, e la ferita sul collo si stava trasformando in una vistosa cicatrice.

– Ti riferisci alla nostra gara? Guarda che sul rettilineo ti faccio mangiare la polvere quando voglio.

– Mi riferisco alla tua love story.

– Temo che di love ce ne sia proprio poco nella mia storia.

– Ti trovi nella fase in cui cerchi la somiglianza, – mi fece.

– Cioè? – Non capivo.

– Vorresti andare a letto solo con Anita, o con qualcuna che le somigli. E le americane che incontri con Pico non fanno esattamente al caso tuo, è chiaro.

– Mi trovi d'accordo.

– Ma stai tranquillo, Rubens. Fra poco entrerai nella fase del bonobo.

– Del che?

– Il bonobo, – ripeté Carlo, stupito come se gli avessi confessato di non conoscere il significato della parola «mamma». – È una simpatica scimmia che non si accoppia per scopo riproduttivo, ma per il semplice gusto di farlo. A scopo *ricreativo*. È l'unico animale al mondo che la pensa come gli uomini. E tu sei a un passo dal ritornare il solito bonobo di qualche anno fa.

– Ti chiederei se hai battuto la testa, se non ne fossi sicuro.

– Non è finita. Come conseguenza matematica entrerai nella fase della nutria, – proseguí Carlo.

– Aspetta, fammi indovinare. La nutria mangia tutto quello che trova sulla sua strada –. Questa la sapevo, ce ne sono migliaia nell'Arno.

– Esatto. È la fase in cui te le tromberai tutte.

– Non vedo l'ora che arrivi. Ma tutte-tutte? Lascia almeno che faccia un po' di selezione.

– Certo. Tutte quelle che finiscono per A. Ho omesso, per esempio, le Rachele, le Jennifer, le Allison, le Ingrid...

– Okay, okay. E sentiamo, Piero Angela, ora in che fase sto?

– In quella di un comune ragazzo abbandonato da una ragazza piú bella di lui, ma ti passerà.

Non era solo Carlo a pensarla cosí. Quando stavo con Anita, tutti insistevano nel dire che lei fosse troppo figa per uno come me. Sentendomelo ripetere in continuazione, mi ero quasi convinto che fosse vero.

– Grazie per la stima, – commentai. – Ora mettiti in posizione di partenza perché a 'sto giro ti stacco di dieci metri.

Vinse lui.

Carlo aveva trascorso intere giornate a letto nella sua camera d'ospedale, con la febbre altissima. Di tanto in tanto i problemi di respirazione si ripresentavano, e periodicamente anche fortissimi dolori al collo, e contrazioni alle gambe. Un inferno dal quale il nostro amico usciva sempre con massicce dosi di morfina e di noiosissimo riposo. Da un paio di giorni stava bene.

Spingevamo i nostri mezzi giú per il corridoio, quando ci interruppe la voce di Susanna, ormai eletta la nostra infermiera preferita. La ragazza con le tette piú grosse di tutto l'ospedale si era affezionata a noi. Usciva di tanto in tanto a fumare una sigaretta in nostra compagnia, seguiva le giornate di Carlo con una dedizione superiore a quella riservata a tutti gli altri casi del Cto e ci faceva entrare nella stanza del nostro amico anche quando non era permesso. Ci voleva bene.

– Sono arrivati i vostri amici, lasciate il circuito e raggiungeteci per la cena.

Si sarebbe fermata anche lei, finito il turno.

Nella sala mensa c'erano Pico e Gazza, armati di sacchetti della spesa pieni di contenitori di alluminio ricoperti da pellicola e carta stagnola.

Gazza cominciò a illustrare il menu, mentre liberava le portate dagli involucri di alluminio: – Gateau di patate e prosciutto della signora Rubeni. Pasta al forno cucinata da quella santa donna della mamma di Pico. E permettetemi di proporvi il mio vitello tonnato da gustare come antipasto, le mie lasagne al pesto e il migliore sformato di cavolfiore che abbiate mai assaggiato. *Et voilà*.

Avevamo organizzato la cena con cura. Era il momento piú atteso della giornata, un rito che si consumava con sapienza e gioco di squadra come nella famosa scena di *Quei bravi ragazzi* di Scorsese, quando sono tutti in carcere.

Con noi mangiavano pure alcuni dei ragazzi ricoverati al Cto.

C'era Zibi: anche se, per ovvi motivi, non sono mai riuscito a vederlo in piedi, avrei giurato non superasse il metro e sessanta. Aveva i tratti tipici dell'Est europeo, incorniciati dai capelli biondo cenere che cadevano disordinati sulle spalle. Non ho mai capito da dove provenisse, ma parlava un italiano comprensibile e fluido, di sicuro viveva qui da un bel po'. Avevo provato simpatia per lui fin dal primo giorno in cui avevo messo piede nel reparto. Era il ragazzo del ping-pong, campione indiscusso. Quello con la canottiera nera che mi aveva salutato alzando il braccio.

A mettere a disposizione dei commensali una bottiglia di ottimo Chianti, aperta la sera prima ma piena oltre la metà, ci pensò Adrian, un ragazzo albanese, il veterano del gruppo, dato che si trovava nell'ospedale San Riccardo a Firenze da ben nove anni. In quei giorni ho capito perché avesse messo le tende al Cto. Non aveva nessuno. Susanna ci raccontò che i suoi genitori non erano mai andati a trovarlo, lo chiamavano solo due, tre volte l'anno. Degli otto fratelli, nessuno viveva in Italia. L'unico con cui era in contatto lavorava in Canada. Degli altri, probabilmente piú vicini sul mappamondo, nessuna traccia. Adrian aveva ormai imparato a convivere con la sua tetraplegia. Compiva gesti di ovvia quotidianità, ma apparentemente impossibili da realizzare senza l'uso delle mani, da anni chiuse in un immobile e scheletrico pugno. Si accendeva le sigarette, sfogliava giornali, apriva lattine. Riusciva persino a giocare alla Play Station, grazie a un joypad modificato da lui. Una volta mi fece pure il culo a *Pro Evolution Soccer*.

Gazza preparava i piatti, come fosse nel suo ristorante finlandese. Lo aiutava Cecco, che aveva preso l'impegno di tagliare il pane e i salumi conservati nel suo armadietto. Cecco era di Latina, aveva i dread, la barba come Bonnie «Prince» Billy, T-shirt sempre fichissime, ed era un discreto produttore di spinelli. Era il compagno di stanza di Carlo. Per l'occasione aveva messo in tavola un salamino di cinta che ancora oggi, al ricordo, mi fa aumentare la salivazione.

Il vino non mancava. Al Chianti di Adrian aggiungemmo un Barolo da venticinque euro, tanto per non farci mancare nulla. Quando andavamo a cena insieme, il vino lo sceglievano sempre Carlo e Gazza. Io non ho mai capito perché vada annusato e fatto oscillare nel bicchiere, tutti gesti che Carlo faceva per il semplice gusto di prendermi in giro. Sono sempre stato un premio Oscar di birre e uno scarsissimo sommelier.

Stappai la bottiglia di Barolo, la piú attesa. Ne versai un po' nel bicchiere di Carlo: – A lei l'assaggio, monsieur.

La sua mano, chiusa e bloccata, andò a incastrarsi fra lo stelo e la base del calice di cristallo che Pico aveva rubato dal servizio buono dei suoi. Carlo testò il vino con l'olfatto, prima di prenderne un'ampia sorsata e mandarla giú.

– È ottimo.

## 13.

Avevamo finito da poco di fare i piatti nel lavandino della sala mensa. Pico e Gazza lavavano, io asciugavo. Non c'era neanche bisogno dell'aiuto di Susanna e Valeria.

– I piatti li lavate voi, noi a questo giro abbiamo la scusa della carrozzella, – disse Adrian, dopo aver bevuto il caffè. Sapeva l'italiano alla perfezione. Sembrava un meridionale con un accento fiorentino acquisito, non certo uno di Tirana.

Raggiungemmo gli altri nel cortile deserto, tutto per noi. Una leggera brezza rendeva la temperatura piacevole. Gazza si era allontanato per chiamare la fidanzata scandinava e tornò fra noi dopo quasi un'ora. Pico e io eravamo seduti sulla panca di legno.

– Il mio turno per il miracolo non è ancora arrivato, – ci fece notare Carlo, sorridendo.

– Io nel frattempo che aspetto i vostri miracoli faccio una canna, – propose Zibi.

Ne era sempre provvisto, nascondeva il fumo e le cartine sotto il cuscino della sedia a rotelle, e quando ne aveva voglia infilava una mano sotto e rollava. A quel rito post cena si univa spesso Cecco, che invece custodiva il necessario in una tasca dei suoi jeans larghi.

Zibi mi offrí il cannone. Accettai, per non sembrare maleducato davanti ai nostri nuovi amici, ma solo un tiro. Avevo bevuto Barolo a cena e avevo in mano una

Moretti da 66 cl, siamo pur sempre in un ospedale, mica a Woodstock, pensai.

Susanna aveva finto di avere qualcosa di urgente da fare, mossa che interpretai come il volontario tentativo di assentarsi davanti alla comparsa di droghe leggere nel reparto in cui prestava servizio. Valeria, che mostrava stanchezza in ogni lineamento del viso, aveva baciato Carlo sulle labbra ed era andata a dormire. Anche questa giornata, interamente trascorsa in ospedale, per lei era terminata.

Mentre trangugiavo il mio bottiglione, Cecco collegava il suo iPod alle casse portatili, che teneva nel suo armadietto insieme al salame.

– Riga', la volete ascolta' un po' de musica che spacca? Tie', questo è il mio gruppo, famo ska, amo sonato da tutte le parti nel Lazio, fateme sape' che ne pensate.

Armeggiava sulla rotellina centrale dell'iPod, alzando il volume mentre le casse pompavano le note di *Toxic* di Britney Spears in versione ska. Non era niente male. Zibi rimise la mano sotto il sedere.

– Mi piace, come vi chiamate? – ero realmente incuriosito.

– Skanati.

Rimasi in silenzio facendo finta di essere affascinato da quel nome.

– Non lo capisce nessuno, te l'ho già detto che dovete trovare un'alternativa, perché non funziona, – fece Carlo.

– Cosa c'è da capire? – chiese Pico.

– Ska-nati. Nati ska. Ma può vole' di' pure che qualcuno ci ha scannato. No? È un gioco de parole, – spiegò Cecco.

– Chiamatevi Ska-letta, Ska-vati, – propose Adrian, provando sul momento una manciata di combinazioni che mi sembrarono peggiori dell'originale.

– Oppure gli Ska a Rotelle, o gli Skandicappati, – si uní Zibi, ridendo talmente tanto da rischiare di rovesciare a terra il contenuto della canna che stava preparando.

Il nome del gruppo faceva cacare, ma suonavano bene, avevano anche pezzi loro che, nel forte profumo di erba che proveniva dalla sedia a rotelle di Zibi, mi sembrarono hit.

Cecco fumava e ascoltava compiaciuto i suoi brani. Si notava, nella sua espressione, la voglia di tornare presto sul palco, come una consumata star ormai in declino che pensa con orgoglio ai successi di un tempo, cercando la sua immagine nello specchio fra le rughe e le cicatrici degli anni. Ci raccontò che gli altri membri della band avevano deciso di rimpiazzarlo per qualche mese con un altro chitarrista, finché non fosse uscito dall'ospedale pronto a riagguantare il suo strumento. Nel frattempo se ne stava seduto sulla carrozzella con le gambe accavallate, la caviglia sinistra appoggiata sulla coscia destra, nella postura degli opinionisti in tv. Non capivo come facesse a muovere le gambe con quella nonchalanche. Sembrava non avere i problemi degli altri suoi compagni di sventura, e allora perché si trovava lí?

Quella sera si fece troppo tardi per avere spiegazioni. Adrian si avviò verso la sua stanza, e cosí gli altri. Accompagnammo Carlo e Cecco in camera, cercando di fare meno rumore possibile per non interrompere il sonno dei loro coinquilini, il ragazzino e soprattutto il cinese rompicoglioni.

– Piano, – fece Carlo sotto voce, – se quello si sveglia, fa piú casino dei tuoi amici ska, e io stanotte voglio dormire ché domani ho fisioterapia alle otto.

– Si se sveja je do 'na pizza in fronte, a Bruce Lee, e lo riaddormento, nun te preoccupa', – lo rassicurò Cecco.

Li lasciammo in compagnia degli infermieri. Non sapevamo ancora come mettere a letto il nostro amico, lo spostamento carrozzella-materasso era un'operazione che richiedeva movimenti precisi, e dopo aver mangiato lo sformato e le lasagne di Gazza, improvvisare non era una buona idea.

Prima di uscire, Cecco aprí il cassetto del comodino e vi frugò dentro. Mi porse un cd masterizzato, dicendo che ne aveva solo una copia e che Gazza, Pico e io ce la saremmo dovuta dividere. Si raccomandò di ascoltarlo piú volte, perché solo al terzo ascolto ci sarebbe entrato in testa come si deve. Sottovoce, il suo romanesco si accentuava ancora di piú. Sul disco c'era scritto con il pennarello indelebile: «*Contro ogni vanità*. Skanati». Il loro album. Il titolo mi piaceva piú del nome del gruppo.

Usciti dalla stanza, ci imbattemmo in Susanna e le sue poppe. Mi accorsi che Pico era raggiante. Si era preso una cotta per l'infermiera, lo conoscevo troppo bene, certe cose non mi sarebbero sfuggite neanche se si fosse messo una maschera di ferro. Mentre il gentiluomo esibiva il suo sguardo piú dolce, Gazza aveva fretta di tornare a casa. Aveva trovato nuove inimmaginabili scuse per rimandare il ritorno al lavoro, ma il suo motorino truccato con le frecce nere lo stava guidando a chiamare la bella finlandese.

Prima di addormentarmi, quella sera, fumai una sigaretta appoggiato al davanzale della camera, giusto per ricordare a me stesso che ero single. Se sei solo come un cane puoi fumare in camera da letto, quando la condividi con un'altra persona sai bene che non puoi. Infilai nello stereo il cd che mi era stato regalato, facendo attenzione a non alzare troppo il volume perché i miei stavano dormendo. Lo ska non è certo la ninnananna preferita dei signori Rubeni. Feci altri due tiri dalla Marlboro Medium, la spensi dietro la persiana, andai in bagno e la buttai nel cesso. Mi fermai ancora un po' alla finestra ad ascoltare e a pensare alla carriera di chitarrista di Cecco improvvisamente interrotta. Avrebbe potuto riprendere a suonare, qualsiasi cosa gli fosse successa, perché usava le mani senza problemi. E poi quelle gambe si muovevano, ma non l'avevo mai visto in piedi. Un enigma.

Fumai un'altra sigaretta, fino a metà, fino a quando gli Skanati non mi fecero venire un sonno della madonna.

*Scatoloni e bustine di zucchero*

14.

Okay Pico, vediamo che cd tieni in macchina, sono sicuro che puoi darmi delle soddisfazioni.

Lemonheads... Nostalgico.

Oasis... No, non ti posso immaginare con i capelli in avanti che avevi, facevi veramente cacare.

Pearl Jam... Tradizionale, apprezzo.

Beatles... ancora di piú, peccato per quell'immagine dei capelli in avanti che ormai ho in testa.

Television... Bravo Pico.

Hives... Svedese.

Arcade Fire... Al passo coi tempi.

Pavement... Ah però.

Smashing Pumpkins... Ho capito, hai tirato fuori un pacco di dischi anni Novanta che ascoltavamo quando eravamo tutti insieme. A volte dimentico quanto tu possa essere sentimentale. Sai che ti dico, ti seguo. Metto proprio loro.

Alcune cose le stavo pensando, altre le dicevo a voce alta, come se nella macchina di Pico, quella mattina, non fossi solo.

La maggior parte di quei dischi, probabilmente, il cleptomane li aveva rubati. È da sempre un suo vizio, la sua malattia. Non riesce a entrare in un supermercato o in un autogrill senza rubare un pacchetto di gomme da masticare o una noce di prosciutto al pepe. Lo fa perché gli provoca un'eccitazione indescrivibile, cosí dice, non certo per soldi, si capisce. Quelli non gli sono mai mancati. Se ripenso alle volte in cui mi ha fatto desiderare di sotterrarmi come una talpa dalla vergogna, mi viene voglia di testimoniargli contro davanti a un tribunale. Entravamo insieme nei negozi e, senza che io me ne accorgessi, Pico usciva con un nuovo guardaroba. Era un professionista del furto dei pantaloni. S'infilava in camerino per provarli, e li indossava sotto ai suoi, dopo averli liberati dell'antitaccheggio, solo lui sa come. Una volta fuori, mi mostrava tutti gli strati di indumenti che si era sgraffignato. Ci sono pantaloni che, se indossati sopra ad altri, camminando creano un fruscio losco, piuttosto imbarazzante. Non chiedetemi perché, ma nessuno l'ha mai sgamato, quel delinquente.

La macchina ero sicuro l'avesse comprata, almeno quella, cosí potevo viaggiare tranquillo.

Parto sempre all'alba. Alle volte svegliarmi quando i semafori in città lampeggiano ancora mi dà soddisfazione, perché mi veste di responsabilità.

L'autostrada era vuota. Mia madre non vuole che parta cosí presto, dice che ci sono troppi tir in autostrada, è pericoloso. Io parto lo stesso alle prime ore del giorno, mi piace fermarmi a metà a fare colazione all'autogrill con i camionisti, i pendolari e le puttane, e mi piace arrivare a destinazione a un'ora decente, come se avessi dormito lí, per non perdermi neanche una fetta della giornata.

Fu una decisione difficile, anche se ricordo di averci pensato poco. Ero deciso, nonostante Carlo avesse provato a farmi cambiare idea piú volte.

«Tu sei pazzo, – mi disse, – hai già avuto un'occasione e l'hai buttata nel cesso, mi sa che ti sei bevuto il cervello».

Sono un indeciso per natura, sono capace di passare un pomeriggio a scegliere un film da noleggiare o un libro da iniziare, poi però ci sono delle volte, come questa, in cui potrebbe scendere anche il Padre Eterno in persona a dissuadermi, ma farebbe un viaggio a vuoto.

Avevo organizzato tutto. Io e Pico saremmo andati a vivere insieme in uno degli appartamenti della sua famiglia, almeno per un po', poi avremmo capito che fare. In Svezia lo avrebbero aspettato ancora: per il momento il mio amico ricco e l'ambasciata italiana di Stoccolma avrebbero rimandato il rinnovo del contratto di collaborazione ormai in scadenza.

«Due coglioni, ecco cosa siete», sentenziò Carlo.

Non ci fece né caldo né freddo.

L'autostrada scorreva veloce davanti alla Golf e io ascoltavo *Disarm* degli Smashing Pumpkins, ripassando ad alta voce il discorso che avrei fatto a Maraschi. Lo avevo chiamato la sera prima per avvertirlo del mio arrivo. L'Italia aveva battuto l'Ucraina tre a zero, avevamo visto la partita all'ospedale, e fra primo e secondo tempo avevo preso il cellulare per parlare con il mio caporedattore.

«Era ora, – mi ero sentito dire dall'altro capo della linea. – Stai vedendo la partita e ti stai mangiando le mani per non essere là, vero?»

«Diciamo di sí, – risposi insofferente come in tutte le ultime conversazioni con il giornale. – Volevo solo avvisarti che domani sono in ufficio e ti vorrei parlare».

«Perfetto! Vieni a togliere la polvere dalla tua scrivania e rimettiti a lavoro, Gianfra, ché vediamo di organizzare qualcosa per la finale di Wimbledon in luglio!»

«Certo, Wimbledon, non ci avevo proprio pensato, a domani».

Ci mancava solo Wimbledon. Ora che ne ero lontano, «24/7» stava diventando la «Gazzetta dello Sport».

Riagganciai, chiesi la macchina a Pico. In cambio gli affidai Monica Vitti per un giorno, con le raccomandazioni che si fanno a una babysitter la prima volta che la lasci a casa con i tuoi figli. Dopo aver bevuto un paio di birre con Carlo e i ragazzi del Cto, dormii qualche ora, facendo a pugni con i soliti fantasmi di Anita e della sua gamba calda sotto le lenzuola, e quando la sveglia suonò alle cinque in punto, mi alzai, presi un paio di valigie vuote con l'intento di riportarle indietro piene, mi feci un caffè e misi in moto la Golf.

Durante le tre ore di viaggio mi feci tutto *Siamese Dream* degli Smashing, le prime tre tracce di *Pulp* dei Pulp, *No Code* dei Pearl Jam, *Fashion Nugget* dei Cake e *Doolittle* dei Pixies.

All'uscita di Milano Linate, dallo stereo della macchina i Pixies stavano suonando *Debaser*. Mi fermai a prendere un caffè al bar sotto il giornale, misi in tasca un paio di bustine di zucchero di canna (non sono cleptomane come Pico, è solo che mi manca sempre lo zucchero in casa), comprai le sigarette e ne fumai una. Due tizi fuori dal bar fissavano le loro schedine del Superenalotto. Il piú vecchio diceva che quella settimana il montepremi era di 54,6 milioni, e che a lui sarebbero bastati i soldi dopo la virgola, cioè 600 mila euro. Il meno anziano si accontentava anche della metà dell'amico, trecento e si sarebbe sistemato una volta per tutte. Pensai che avrei pagato l'intero montepremi per avere ancora la mia ex ragazza tutta per me. Ma, anche considerato quello che stavo per fare, i milioni erano ormai fantascienza.

Mi tolsi gli occhiali, mi aggiustai la camicia dentro i jeans ed entrai nell'edificio di «24/7». Imboccato l'ascensore, schiacciai deciso il tasto del piano piú alto. Maraschi era appena arrivato, e aveva ancora gli occhi gonfi e abbottonati dal sonno.

– Gianfra! Non mi aspettavo di vederti a quest'ora del mattino, non sei mai stato cosí puntuale, cosa ti è successo?

Si alzò dalla scrivania e mi venne incontro azzardando un abbraccio. Provai a ricambiare con due fredde pacche sulle spalle.

– Dài, siediti, raccontami come stai. Lo vuoi un caffè? Stavo giusto per chiamare il bar.

– Ti ringrazio, l'ho appena preso.

Si era tagliato i capelli e il suo ciuffo morbido faceva fatica a cadere sulla fronte.

– Come sta il tuo amico? Deve avere due palle cosí per sopportare tutta questa faccenda.

Odio sentire le persone che non lo conoscono parlare di Carlo.

– Pensavo che hai fatto bene a stargli vicino, certe cose sono piú importanti del lavoro. In confronto ai nostri, quelli sí che son problemi, altroché. Dico bene, Gianfra?

Dinne un'altra e ti sgozzo col tuo tagliacarte Spalding, testa di cazzo.

– È vero, – mi limitai ad assecondarlo. Fissavo un po' lui un po' la laurea e i vari riconoscimenti che esponeva incorniciati sulla parete alle sue spalle.

– Allora sei pronto? Ci sono le fasi finali dei mondiali da seguire, Annunziato sta lavorando bene, ma non è abituato a una tale mole di lavoro, avrei piacere se gli dessi una mano tu, seguendo un po' di partite da qua. La Germania, la Francia per esempio, mentre lui sta dietro all'Italia. Poi volevo preparare qualcosa su Wimbledon, in piú c'è il calciomercato che tra poco esplode e ho bisogno di uno come te per...

– Mi licenzio, Maraschi.

– Perdonami, come hai detto?

– Ho detto che sono qui per licenziarmi, – ripetei dopo aver schiarito la voce.

La faccia di Maraschi si contrasse, come se stesse sollevando un peso superiore alle proprie forze. La penna, una Parker modello classico, con la quale stava giocando un attimo prima, si ritrovò a essere tormentata e picchiettata sulla scrivania come le bacchette di Larry Mullen Jr, il batterista degli U2. La sua espressione accomodante si trasformò in un: – Che cazzo dici, Rubeni?

Mi chiamò per cognome.

– Ci ho pensato, non è una decisione campata per aria... – provai a spiegarmi.

– Non è una decisione campata per aria? Sei uno dei migliori qui dentro, te ne vai cosí, in un momento importantissimo per il giornale?

– Lo so ma...

– Ti ho insegnato un sacco di cose in questi anni, ti stavo facendo diventare un giornalista come si deve e mi pianti in questo modo? E io con chi lavoro? Con Annunziato? Dimmi la verità, hai avuto un'altra offerta. Dimmi quanto vuoi e chiudiamo qui il discorso.

– No. Ho semplicemente deciso di lasciare Milano, almeno per un po' di tempo, finché le cose non si mettono a posto. Mi dispiace, ti ringrazio per tutto quello che hai fatto per me, ma voglio tornare a casa.

Il resto della conversazione fu un alternarsi di parolacce e dimostrazioni di affetto ai limiti dell'esagerazione. Pensavo fosse piú facile mollare «24/7». Durante la discussione col caporedattore, mi feci sopraffare da un pizzico di rimorso, che sparí non appena ricordai le ultime serate con i miei amici, i ragazzi del Cto, e i piatti pronti di Gazza. Certe cose succedono e ti devi comportare di conseguenza. A Carlo era successo di tuffarsi, e noi volevamo tirarlo fuori dal fondo del mare, per quanto sembrasse impossibile. Come dice il proverbio arabo all'inizio di *Marrakech Express*: «Non bastano tutti i cammelli del deserto per comprarti un amico». Quel film l'ho visto insieme agli altri tre tante di quelle volte che lo potremmo recitare a memoria all'unisono. E comunque il giornale di cammelli non me ne aveva mai dato nemmeno uno.

Ho sentito tantissime volte quella frase che è diventata un motto da reality: «Si chiude una porta, si apre un portone». Quella mattina, chiusi la porta dell'ufficio di Maraschi, e varcai l'enorme portone della disoccupazione.

15.

Fra i miei modesti beni materiali, se si esclude Monica Vitti, non c'è niente cui tenga di piú della mia collezione di dischi, cd e vinili, tutti rigorosamente originali. Intendo dire che se trovo un vinile raro dei Talking Heads e mi accorgo che non risale all'anno di uscita dell'album ma è una ristampa, quasi quasi faccio lo snob e lo lascio lí sullo scaffale del negozio.

Non ho mai contato i pezzi che ho sulle mensole. Se li vendessi tutti, farei abbastanza soldi per comprarmi il terrazzo di Pico, ma dato che tengo a quei dischi quanto un attore porno tiene alle sue pudenda, preferisco rinunciare alla megabalconata e stendere i panni in bagno. Vendere i miei dischi sarebbe come rinunciare al ricordo di tanti viaggi. C'è chi va in vacanza a New York e fotografa da tutte le angolazioni la Statua della Libertà e l'Empire State Building e chi, come me, spreca pomeriggi nei negozietti di musica a cercare pezzi che dalle nostre parti non si trovano. In vacanza con Anita, certi giorni ci dividevamo per ore cosí da poter dare sfogo ai nostri rispettivi interessi. Lei faceva il giro delle boutique vintage e io andavo alla ricerca del vinile di *Sticky Fingers* dei Rolling Stones, quello con la cerniera sopra la custodia che si poteva aprire veramente, come quando uscí nel 1971, o *The Velvet Underground & Nico* con la banana di Andy Warhol che si sbucciava per davvero.

Non credo sia stata nemmeno questa la causa del suo improvviso benservito.

Avevo deciso di dedicare il resto della giornata a racimolare le mie cose con l'intenzione di caricarle dentro la macchina di Pico e portarle a Firenze. Tutte non ci sarebbero entrate, cosí cominciai da quelle essenziali, le altre potevo lasciarle in cantina e venire a riprenderle con comodo, mi rassicurò la padrona di casa.

Quando metti dei dischi dentro uno scatolone, scopo trasloco, devi inevitabilmente seguire un ordine di importanza e valore, economico e affettivo. Quelli a cui tieni meno verranno sistemati in prossimità dell'esterno, tra i fogli di giornale anti-urto e il perimetro dello scatolone. I piú preziosi all'interno, protetti da percosse e urti accidentali. Ogni due strati di dischi, occorre poi metterne altrettanti di fogli di giornale, e il gioco è fatto. Se lo scatolone sbatterà per terra, al massimo danneggerà l'album dei Travis, con tutto il rispetto, e hai voglia a movimenti bruschi prima di arrivare a intaccare gli originali di Johnny Cash.

Riempii di vestiti un paio di valigie, quelli che avanzavano li imbustai per portarli in cantina. Feci la stessa cosa con libri e dvd. Un trasloco è fatto di priorità. Tolsi dal salotto il poster con la locandina dei *Soliti ignoti*, un vecchio cannocchiale regalatomi dai miei che avevo appeso al muro, e un quadro comprato a un'asta un anno prima proprio con Anita. Un'idea sua, l'aveva scelto lei. A me non piaceva neanche, a dire il vero. Non avevo mai capito cosa raffigurasse, se uno scoglio, un veliero, un orco. Quel giorno ci vedevo solo l'abbandono, rappresentato nel modo piú chiaro che esistesse.

Rischiai piú volte di inciampare e rotolare per le scale della cantina, ma in qualche modo riuscii ad arrivare giú con i pacchi intatti e sigillati.

Quando finii di svuotare i cinquanta metri quadri del bilocale, mi accorsi che si era fatta sera. Mi sedetti sul divano, accesi una sigaretta e guardai la casa un'ultima volta. Sembrava piú grande, spaziosa. Pensai che non avrebbe avuto piú senso vivere là dentro. Quella era la casa mia e di Anita. Dal momento che lei non c'era piú, mi avrebbe solo ricordato quanto mi sentissi abbandonato.

L'avevamo trovata insieme, dopo una lunga ricerca che ci aveva portati dritti dritti davanti al cartello «Affittasi» appeso su un portone di via Eustachi. Ci era piaciuta subito. La via alberata e il vantaggio del quartiere con tutto quello che serve a pochi metri avevano fatto il resto. Ci frequentavamo da qualche mese ormai, ed eravamo sempre piú convinti di aver conosciuto la persona giusta, quella con cui costruire qualcosa. O forse, dato l'epilogo, l'avevo pensato solo io. Non capivo chi fosse stato l'immaturo dei due: io che avevo invano riposto in quegli occhi verdi la speranza di un futuro sereno e spensierato, o lei che aveva mandato tutto all'aria senza una spiegazione chiara? Quando se n'era andata, aveva portato con sé anche i suoi libri, i suoi giornali, le sue foto, denudando le pareti e lasciandole tristemente bianche.

Presi la chitarra, un suo vecchio regalo, e cominciai a strimpellarla senza nemmeno accordarla. Me la immaginavo seduta di fianco a me, su quel divano, che rideva al mio tentativo di suonare le canzoni dei Beatles, in una delle tante serate trascorse nel nostro buco pieno di complicità.

Cosí vuota, era ormai diventata la casa di qualcun altro. Ficcai la chitarra in macchina accanto allo stereo accuratamente imballato, nell'unico spazio rimasto. L'altro era quello del guidatore. Prima di imboccare l'autostrada, la Golf di Pico, quasi mi leggesse nel pensiero, mi guidò davanti alla nuova abitazione di Anita. Forse farei meglio a chiamarla «casa del fotografo». Come sapevo dove abitavano? Sono pur sempre un giornalista, ve l'ho detto.

Mi fermai sul lato opposto della via. Con la coda dell'occhio monitoravo le silhouette che si intravedevano dalla finestra chiusa. Non riuscivo a distinguere le ombre, a chi appartenessero, ma mi sembrava di vedere i suoi capelli lunghi e lisci, ricordavo ogni ciocca e il loro profumo. Milano un po' mi sarebbe mancata, pensai, girando le chiavi nel cruscotto. Mi sarebbe mancata la fornaia sotto casa, sulla quale, ora lo posso ammettere, ho sempre fatto piú di un pensierino. Mi sarebbe mancata la signora della pasticceria che mi metteva da parte il cornetto alla crema ogni mattina. Mi sarebbe mancata la cassiera del supermercato che aspettava gentilmente il mio turno prima di chiudere la cassa.

Da quel momento avrei sognato Anita con altre facce, e la silhouette intravista dal finestrino della Golf mi avrebbe perseguitato per un bel po', ci avrei scommesso la mia vespa arancione. A proposito, Monica Vitti si trovava fra le mani di un pericolosissimo ladro, meglio riprendersela in fretta. Era ora di rimettermi in viaggio.

Fra le custodie di Pico trovai un cd dei Blur, e andai immediatamente alla traccia numero sette, *The Universal*, per cantare a squarciagola: «Yes it really really really could happen...»

## 16.

Mi stupii di me stesso. Quando ti comporti in un modo che non ti appartiene avverti subito un brivido di preoccupazione, molto vicino al rimorso, che ti fa chiedere se stai facendo o meno la cosa giusta. Una risposta non c'è, o forse non la vuoi dare perché sarebbe come pentirsi e pensare di tornare indietro, e a quel punto ormai è tutto inutile.

Fu come se qualcuno avesse agito al posto mio. Invece ero io, semplicemente cambiato. Guidando la Golf, sulla via del ritorno, capii che per la prima volta in vita mia avevo preso una decisione pesante, da solo, quando chiunque mi consigliava di pensarci ancora su. A volte la scelta giusta arriva quando non sei lucido, perché non pensi alle possibili conseguenze. Con un minimo di razionalità non avrei lasciato Milano, la casa di via Eustachi e il lavoro che, partendo da Wimbledon, prometteva di farmi conquistare il mondo.

Era bastato un tuffo a trasformarmi in un fermo e temerario «snobbatore» di carriere di successo. Era bastato il tuffo di Carlo.

Era bastato lui, il mio amico di sempre. Nessun altro motivo mi sarebbe apparso piú plausibile.

Non fui l'unico pazzo. Avevamo pensato tutti la stessa cosa, quasi avessimo fuso i nostri cervelli in un'unica scatola cranica, che aveva partorito l'idea di non tornare piú indietro. L'unico a non essere d'accordo fu Carlo. Provò a spiegarci piú volte che non avremmo potuto certo rimetterlo in piedi noi, che era contento di averci vicini, tutti insieme dopo anni, ma che non avremmo dovuto trascurare le nostre vite e i nostri progetti, se la sarebbe cavata da solo, piano piano le cose si sarebbero risolte, e ci saremmo visti comunque, a seconda dei nostri impegni e dei nostri spostamenti, non appena fosse uscito dall'ospedale sarebbe volato lui a Helsinki, a mangiare nel ristorante di Gazza, o a Stoccolma, che era bellissima e non vedeva l'ora di tornarci, e a Milano, che era la piú vicina, e proprio per questo io e lui ci saremmo potuti vedere piú spesso, e cosí via. Niente da fare, eravamo piantati saldamente nella nostra idea, nessuno ci avrebbe sradicati.

Pico decise di non accettare il rinnovo del contratto in Svezia e di rimanere a Firenze. Poteva contare sul conto in banca ancora vivo e vegeto, e aveva le spalle coperte dai suoi e dalla fruttuosa scuola di informatica.

Tra le varie proprietà della famiglia di Pico c'era un appartamento di novanta metri quadri, esattamente a due passi da San Niccolò e dalle rive dell'Arno, se ti affacciavi alla finestra sentivi il fiume scorrere. Ricordavo ogni angolo di quella casa, e mai avrei immaginato di viverci. Ci andavamo ogni volta che era libera. La usavamo per finire in bellezza le serate, a volte per iniziarle, altre per trascorrerle là dentro, dall'inizio alla fine, tra di noi. Facevamo le cose che piú ci piacevano, ascoltavamo i dischi di Elio e Le Storie Tese, ci gonfiavamo di birra, organizzavamo feste, l'asta del Fantacalcio, guardavamo i nostri film preferiti fino a impararli a memoria. Grazie a quella casa siamo diventati luminari in tema di *Amici miei*, *Non ci resta che piangere*, *Berlinguer ti voglio bene*, tutti i vecchi film di Sordi, quelli di Verdone, per non parlare delle commedie americane come *Frankenstein*

*Junior*, in cui Carlo era assoluto leader, o cult come *Ritorno al futuro*, in cui il maestro era il sottoscritto.

Era il nostro rifugio. Adesso, uno dei luoghi in cui eravamo cresciuti insieme stava diventando casa mia. Non l'avrebbero affittata per un po', cosí mi ci trasferii con Pico, al quale avrei pagato ogni mese una quota simbolica di duecentocinquanta, duecento, cento euro, due Guinness al pub, a seconda del vento che tirava. Gazza, per il momento, preferí restare nell'appartamento ereditato qualche anno prima dalla nonna: «Piuttosto che vivere con te, Pico, mi costruirei un nido con gli aghi di pino come fanno gli uccelli: saresti capace di rubare anche in casa tua, e a me svegliarmi e accorgermi che qualcuno mi ha fregato i calzini mi fa proprio girare le palle».

Gazza non aveva mai torto. Fra i tre, era il piú tormentato dalle perplessità sul futuro. Era deciso, voleva restare vicino a Carlo, lo aveva anche comunicato al ristorante per cui lavorava. Ma c'era una cosa che non aveva ancora risolto: Eve, la sua ragazza.

Gli scatoloni pesavano un botto. Dopo il viaggio di andata e ritorno e la giornata passata a svuotare mensole, armadi, pareti, memoria, ero fiacco, non ne potevo piú, le forze stavano cedendo davanti all'ultimo sforzo: portare tutto nella nuova casa, che sarà stata pure spaziosa e in una bella zona, ma non aveva l'ascensore e stava al secondo piano e con le scale ripidissime, tanto che per affrontarle si era tentati di aiutarsi con le mani.

Pico mi aveva aspettato davanti al portone, un facchino in borghese. Ci dividemmo equamente le fatiche, e i pacchi piú pesanti li portammo su insieme.

Entrando nell'appartamento si apriva davanti un ampio ingresso, tutto sommato inutile, se non per il piccolo attaccapanni a sinistra della porta e lo specchio antico che ti rifletteva a mezzo busto ogni volta che entravi. Subito dopo c'era la sala, che Pico aveva sistemato in modo da farla somigliare il piú possibile a come era l'ultima volta che ci eravamo stati tutti insieme. Il poster di Michael Jordan, comprato in prima media, e da sempre conservato con una cura ai limiti dell'idolatria, la fedele riproduzione de *La persistenza della memoria* di Salvador Dalí, che Gazza gli aveva regalato per motivi a noi tuttora ignoti, il quadro a specchio con la pubblicità di una birra, rubato in un pub, e ancora la bottiglia della Corona al neon, rubata in un altro pub, che tornò a illuminarsi sulla parete accanto al divano. Un arredamento di pessimo gusto, se accostato all'elegante antiquariato che dominava tutte le case della famiglia di Pico, ma per noi valeva piú di qualsiasi elemento di design. Quei pezzi kitsch erano piccole ancore, ci fissavano lí, ci davano pace, ci facevano sentire piú sicuri. La mia ragazza mi aveva lasciato, Carlo era vivo per miracolo, e come se non bastasse avevo deciso di buttare nel cesso il mio lavoro, cosí che presto mi sarei trovato col conto in banca scoperto come una spider. Se Michael Jordan avesse potuto darmi un po' di sicurezza in quel casino, che restasse appeso dov'era, pensai, guardando la sua canotta rossa dei Chicago Bulls col numero ventitre.

La mia camera era la piú piccola delle due. Non c'era molto spazio per tutti i miei dischi, i vestiti, i libri e i ricordi milanesi, cosí avevo tenuto il necessario e il resto l'avevo parcheggiato dai miei, giusto per avere tracce di me un po' ovunque: case, cantine, cuori.

I miei genitori non accolsero con gioia la scelta di lasciare il giornale, ma capirono che non mi avrebbero fatto cambiare idea, e forse la prospettiva di avermi vicino per un po' non gli sembrò neanche cosí male.

Mentre liberavo le mie cose dalle scatole, facendogli

respirare la nuova aria fiorentina, pensai che quella decisione, che tanto mi faceva credere di essere cambiato, in realtà mi stava portando verso la piú opaca incertezza. Che cosa avevo deciso davvero? Quanto sarei rimasto a vivere con Pico? I suoi genitori, prima o poi, avrebbero rimesso la casa in affitto e allora avrei dovuto riempire di nuovo tutti gli scatoloni, infilarci dentro i dischi, quelli belli interni e quelli meno belli esterni, e sarebbe ricominciato tutto da capo. Mi sentivo scomposto, come se fossi fatto con i mattoncini Lego, proprio quando credevo di essere cresciuto. Pensai che i nostri genitori, alla nostra età, avevano già risolto tutto. Lavoro, casa, figlio, e avrebbero vissuto per questo. Già fatto, missione compiuta. Le domande esistenziali, se proprio ce ne fosse stato bisogno, se le sarebbero poste piú tardi, a quarant'anni, o forse ancora piú in là, o forse mai.

Sentii il bisogno di sedermi sul bordo del letto, buttare fuori il fiato, e appoggiarmi le mani sulle tempie, per fermare il flusso di paturnie che mi stava mettendo ko.

Per fortuna entrò Pico con due birre fredde.

– Birretta di benvenuto?

La accolsi come un regalo del cielo.

Fece battere il collo della sua bottiglia con quello della mia: – Alla nostra nuova casa, Rubens.

– Cin cin.

Il primo sorso mi ricompose. Guardai distrattamente l'etichetta della birra, senza leggerla, solo per avere qualcosa su cui poggiare lo sguardo, prima di fare la domanda piú banale e intrisa di retorica che mi venne in mente: – Secondo te come saremo a quarant'anni?

– Spero solo di non essere nella scuola dei miei, non fa per me, – mi liquidò Pico.

– Sul serio, ci hai mai pensato?

– Vuoi che non l'abbia fatto in questi giorni? Saremo

sempre noi quattro, come oggi, ed è la cosa che mi fa sentire meglio di tutte.

– E poi?

– E poi magari andrai ancora in giro con quel catorcio arancione. A proposito, ti ho fatto il pieno.

– Sciacquati la bocca quando parli della mia vespa...

Era parcheggiata sotto casa, bella come sempre, la prima cosa che avevo visto scendendo dalla macchina.

– E come la mettiamo con tutto il resto? Io e te non abbiamo piú un lavoro e le nostre fidanzate ci hanno piantati per due idioti, – gli dissi.

– Parla per te. Io mi sto disintossicando. Intanto ieri ho avuto il numero di Susanna.

Prese una sorsata di birra, la mandò giú e buttò fuori l'aria come se avesse deglutito dello scotch. Lo fece per darsi un tono, mentre mi raccontava la sua conquista.

– *Quella* Susanna? L'infermiera?

– Lei.

Ci avrei scommesso la mia nuova stanza.

– Sono stato con lei tutto il pomeriggio, mentre tu eri a Milano e Gazza sfidava l'intero Cto a ping-pong, – aggiunse.

– Bravo Pico, un numero di cellulare dopo un mese che la vedi tutti i giorni è un bel passo avanti.

– Sí, fai pure lo spiritoso... intanto me l'ha dato. Abbiamo parlato anche di Carlo. È stata molto sincera.

L'espressione di soddisfazione sparí dal suo volto.

– Che ti ha detto? – Non ero sicuro di volerlo ascoltare.

– Che con ogni probabilità le sue gambe e le sue mani rimarranno cosí.

Lo sapevo, per questo non facevo piú certe domande da giorni.

Il silenzio si alternava al suono gassoso della birra che

oscillava nelle bottiglie dopo ogni sorso. Pico riprese: – Ma ha anche detto che la medicina è in continua evoluzione, e che prima o poi un rimedio...

Ancora silenzio.

– Vabbe', ti lascio dormire, – disse, e uscí lasciandomi lí sul letto a pensare a microscopi, fondi per la ricerca, scienziati, luminari, cellule staminali e tutto quello che sarebbe servito per rimettere in piedi Carlo, Zibi, Adrian, Cecco, il ragazzino nella stanza di Carlo, persino il cinese rompicoglioni.

Mi addormentai chiedendomi con quali facce avrei sognato Anita, adesso che vivevo là.

## 17.

Soltanto un paio di mesi prima avrei desiderato ardentemente una mattina come quella. Poteva essere un sabato, una domenica, o un insignificante martedí, forse un mercoledí, ancora piú inutile, perché è il giorno piú lontano dai due weekend alle estremità della settimana. Non aveva importanza. Quella era la prima di una serie di sveglie prive di corse al giornale, un giorno senza la preoccupazione di dover chiudere articoli su calcio, coppe e altre faccende di sport, di organizzare interviste, riascoltare registrazioni telefoniche con Tizio e Caio, discutere perfino di impaginazioni, perché al *democratico* «24/7» ognuno aveva il suo ruolo, ma poteva capitare di occuparsi anche del resto. Non eravamo una comune redazione, ma una famiglia, e allora Rubeni aiutami qui, Rubeni potresti seguire quest'evento per me, Rubeni perché non vai là e via dicendo.

Avevo dormito tanto da sentirmi piú stanco di quando mi ero coricato. Se si superano le otto ore, la lancetta del sonno torna indietro, il riposo si cancella, e svegliarsi diventa come tornare a galla senza decomprimere dopo un'immersione in mare aperto. Avevo ritrovato Anita in quell'oceano di ore notturne, e quando verso mezzogiorno Pico urlò: – Oh! Lo vuoi il caffè? – facendomi sobbalzare, provai a ricordare che maschera avesse scelto la mia ex ragazza quella notte, ma non ci riuscii. Avrei scommesso la mia colazione su Michael Jordan. Anita, nera, con una canotta rossa, il numero ventitre, che schiaccia a canestro il pallone arancione dell'Nba.

Quando il mio coinquilino alzò le persiane e spalancò le finestre fui abbagliato dal sole, che prendendomi a schiaffi con i suoi forti raggi estivi mi fece capire quanto fosse tardi. Riuscivo a sentire i passi e le voci degli studenti, là sotto, ad aspettare un tavolo libero al *Fuori Porta*, il famoso ristorante di fianco al nostro portone, che attirava tutta la gioventú universitaria della città grazie ai suoi famosi crostoni con aglio e pomodorini, con i porcini, con la salsiccia e lo stracchino. L'odore arrivava fino in camera mia e mi procurava un certo languorino nonostante mi fossi appena svegliato.

Buttai giú il caffè e mi passò di colpo la fame. Pico non lo beveva mai, l'aveva fatto solo per me, arrostendolo come una porchetta. Con quel sapore amaro di bruciato in bocca, ricordai che una volta aveva caricato la moka senz'acqua, pensando che il caffè si sciogliesse grigliandolo. Poi si lamenta se le donne lo piantano.

Mi esortò a prepararmi in fretta, avremmo comprato pizza e focaccia e pranzato con gli altri al Cto. Sembravamo una coppia di fatto.

Mi affacciai alla finestra, felice del nuovo panorama che mi si sarebbe parato davanti agli occhi per molti altri risvegli. La salita che porta a piazzale Michelangelo, la porta di San Niccolò che s'intravede seguendo la via verso l'Arno, i tetti delle case con tante antenne e poche parabole, li avrei visti ogni giorno, illuminati dal sole, bagnati dalla pioggia, talvolta tormentati dalla neve, che si sarebbe posata solo un attimo prima di sciogliersi, come accade sempre nella mia città. Mai che ti svegli e la trovi ricoperta di bianco. Fiocchi troppo piccoli, per resistere al suolo diffidente. Alcune eccezioni le ricordo: la celebre nevicata del 1985, quando ancora non conoscevo nessuno dei miei amici attuali, e trascorsi un paio di giorni in piazza della Vittoria a fare a pallate con i guanti di lana che si inzuppavano e toglievano sensibilità alle mani, a rotolarmi, modellare pupazzi con la carota al posto del pisello, e tutto quello che si può fare con la neve in città, come non l'avessi mai vista prima.

Ma adesso era luglio, il caldo torrido sembrava sfondare le finestre, come l'acqua nelle alluvioni. Voglia di freddo, di vento forte che ti spinge indietro, di ghiaccio. Mi feci una doccia per abbassare la temperatura almeno per qualche minuto, e mi preparai per uscire. Attraversammo la città in due su Monica Vitti, per sgattaiolare nel traffico e raggiungere Carlo e gli altri in tempo per il pranzo.

Pico se ne stava assorto nei suoi pensieri e si guardava intorno, io canticchiavo. Canto sempre quando guido. È un'abitudine nata quando si usavano i caschi integrali, là dentro non poteva vederti e sentirti nessuno. A volte pensavo addirittura ad alta voce dietro la visiera, per non dire che parlavo da solo, come i matti. Pur indossando il casco aperto a mezzaluna, non sono mai riuscito a togliermi il vizio. Mi rilassa. Mi aiuta a pensare a quello che voglio e ad allontanare il resto.

Canticchiavo *1979* degli Smashing Pumpkins, che mi si era arpionata in testa dal giorno prima, durante la fuga da Milano, dal mio lavoro, dal bilocale di via Eustachi, da Anita, dalla mia vita di anni luce fa.

– We were sure we'd never see an end to it all...

Faceva caldo. Tanto caldo. Sembrava non esserci aria, come nello spazio. Senza la forza di gravità nessuno si sarebbe potuto tuffare, nessuno si sarebbe trovato al Cto. Neil Armstrong e Buzz Aldrin si sarebbero potuti buttare anche di testa dal modulo lunare, non si sarebbero fatti niente, sarebbero atterrati dolcemente, come su un materasso.

Cecco se ne stava vicino al distributore degli snack, l'iPod in play e le cuffie nelle orecchie, a leggere, con lo sguardo di chi si immedesima troppo, *Mr Nice*, l'autobiografia di Howard Marks, noto trafficante di droghe leggere. Aveva le gambe accavallate, prima la destra sulla sinistra, poi le invertí. Il solito mistero.

Pico era in giro per i corridoi, alla ricerca di Susanna che era di turno: sperava in una pausa caffè per trascorrere qualche minuto in sua compagnia. Mi chiedevo se lei fosse felice dell'interessamento del nostro amico o se lo assecondasse solo perché pensava che avesse bisogno di aiuto. Lei era abituata ad aiutare gli altri, lo faceva per lavoro.

Il ragazzino ricoverato nella stessa camera di Carlo se ne stava fuori al sole, la testa all'indietro e gli occhi chiusi. La madre leggeva «Tv Sorrisi e Canzoni» sulla panchina di fianco a lui.

Adrian parlava con qualcuno al telefono, probabilmente il fratello canadese.

Il cinese era a letto con le sue paure.

Gazza giocava a ping-pong con Zibi, che dopo una serie di vittorie lo invitò a mettersi su una sedia, per sfidarlo alla pari. Da fuori, ogni volta che distrattamente buttavo l'occhio, lo vedevo perdere punti e soccombere sotto i colpi dell'avversario.

Io e Carlo ci eravamo trovati un angolino all'ombra nel cortile. Guardava la mia sigaretta come un paziente guarda il pendolo del suo psicanalista.

– Non fumo da piú di un mese, – mi disse senza staccare gli occhi dalla mia Marlboro Medium.

– Bene, no?

– Bene che cosa?

– Bene che hai smesso.

– Io non ho mai smesso, me lo hanno proibito, è diverso.

– Di fatto non fumi piú.

– Vorrei essere io a decidere di smettere, non voglio che qualcuno decida per me. Se qualcuno ti tiene recluso senza darti da mangiare, non vuol dire esattamente che hai deciso di metterti a dieta.

Il suo ragionamento non faceva una piega, non trovai le parole per ribattere, sorrisi senza dire nulla.

– Fammi fare un tiro, Rubens.

Lo sapevo.

– No, – risposi fermo.

Ci riprovò: – Avanti, non fare lo stronzo. Fammi fare un tiro.

– Non se ne parla, se là dentro ti hanno detto di non fumare, sarei uno stronzo a farti fare il contrario.

– Ma sono medici, cosa vuoi che ti dicano: fuma che ti fa bene?

– Fino a pochi giorni fa non riuscivi a respirare da solo, questo te lo ricordi, vero?

Odio fare la parte del grillo parlante.

– Eddài. Soltanto un tiro. Cosa vuoi che mi faccia?

Lo guardai, senza proferire parola, pensando a cosa fare.

Non sono mai riuscito ad agire in modo del tutto indipendente dalla sua influenza. Che rabbia. Un burattino. Ho sempre fatto tutto quello che mi diceva, fin da piccoli. Fin da quando dovevamo rubare la cioccolata dalla cucina delle suore, i giornalini porno dall'armadio di suo nonno (diceva che li consultava perché dipingeva e gli servivano per fare dei ritratti, ma non ce la siamo mai bevuta), le sigarette ai nostri genitori.

– Dài Rubens, avvicinami quella sigaretta.

– Okay, ma soltanto un tiro. Uno piccolo piccolo.

Sembrerà strano, ma lo feci per amicizia. Volevo che si sentisse bene, che si sentisse libero. Avvicinai la sigaretta alle sue labbra. Carlo tirò. Gliela tolsi non appena vidi la brace che si illuminava, affinché prendesse meno fumo possibile. Respirò rumorosamente, prima di soffiare in alto una leggera nuvola azzurra.

Mi guardò appagato.

– Grazie, Rubens, sei un vero amico.

– Ma vaffanculo, va'... Non dovrei farti fumare –. Però ero contento di averlo fatto.

Fu una giornata come le altre. Calma piatta, finché non comparve Pico con una delle sue idee.

*Superstiti*

## 18.

Avevamo pianificato tutto. Nessuno spazio all'improvvisazione. Non avevamo nemmeno previsto un piano B, dal momento che quello A doveva funzionare e basta, per forza. Pico aveva perfino fatto un disegno, una bozza su un foglio a quadretti, in cui aveva tratteggiato una piantina del Cto. In fondo il suo curriculum da cleptomane, fatto di negozi di abbigliamento, supermercati, quadri a specchio e posacenere di pub, lo attestava come il piú affidabile del gruppo nell'affrontare il rischio. Gazza decise di vestirsi di nero, come i ladri dei film e dei fumetti.

Una manciata di ore prima, Pico si era avvicinato a me e Carlo, mentre ce ne stavamo in cortile a discutere sulla sigaretta, e aveva annunciato: – Dopodomani vedremo la semifinale dei mondiali sul terrazzo dei miei.

– Okay, – dissi, sapendo dove voleva arrivare.

– E ci sarai anche tu, Carlo.

– Finalmente le tue abilità nel furto ti hanno portato a rubare una macchina per il teletrasporto? – domandò Carlo.

– No. Mettiamo in atto un rapimento. Ho pensato a tutto. Verrai con noi.

Aveva la voce di chi ne ha portate a termine a centinaia, di imprese del genere, la voce di chi sa quello che fa, dell'eroe sprezzante del pericolo, che guarda il rischio dall'alto in basso.

La sera del 4 luglio, alle sette e mezzo, quando ancora

la luce del giorno illuminava inesorabile le nostre malefatte, Carlo avrebbe lasciato l'ospedale per la prima volta dopo il tuffo.

Avevamo dei complici di cui poterci fidare. Cecco avrebbe fatto il palo, spiando il corridoio dalla porta della camera. Avevamo trovato una scappatoia dal giardinetto su cui si affacciava la stanza. Bastava aprire la porta a vetri per trovarsi nel piccolo prato incolto, di fronte a un cespuglio secco che a tutto poteva servire tranne che a fare da recinzione. Si doveva passare da lí.

– Se al posto mio vi arriva un orecchio, non pagatemi il riscatto, non vorrei mai dare certe soddisfazioni a questi tre idioti, – suggerí Carlo a Cecco, che per tutta risposta lo rassicurò: – Nun te preoccupa', frate', nun c'ho 'n euro manco se me vendo l'anima.

Susanna sapeva tutto, Pico aveva vuotato il sacco, avrebbe agito con o senza il suo silenzio. L'infermiera decise di rischiare la sua posizione, o forse solo una ripassata dal primario, facendo finta di niente, e il nostro amico dal fascino svedese si innamorò di lei ancora di piú.

Il ragazzino era in giro per l'ospedale con la madre, ma in ogni caso sapevamo che si sarebbe fatto gli affari suoi. In quella camera regnava la solidarietà.

Quanto al cinese, gemeva come sempre, e dava l'impressione di non essere affatto cosciente di ciò che stava succedendo fuori dalle sue lenzuola. Anche se fosse stato chiamato a deporre, non sarebbe andato oltre le parole «dottole» e ancora «dottole».

Cecco ci fece l'occhiolino: significava «via libera». Attraversammo il giardino, e dopo dieci metri fummo davanti al cespuglio malconcio. Gazza spezzò i pochi ramoscelli che ostruivano il passaggio, aprendo alla fuga. Le ruote di Carlo oltrepassarono il terriccio e le erbacce grazie alla nostra spinta, prima di tornare a scorrere agevolmente sull'asfalto che portava al parcheggio. Pico accelerò il passo raggiungendo la macchina per primo, pronto a togliere la sicura e preparare l'imbarco. Il passaggio dalla sedia a rotelle al sedile anteriore, infatti, non era cosí immediato. Prima di avventurarci nella missione, Susanna ci aveva dato istruzioni ben precise: «Togliete il bracciolo sinistro dalla carrozzella, dopo averla affiancata allo sportello della macchina». Fatto.

«Prendete una tavola di legno liscia, tipo uno skateboard senza ruote». Fatto: l'aveva rimediata Pico, probabilmente rubandola.

«Mettetela sotto il sedere di Carlo, rivolta verso il sedile anteriore dell'auto». Fatto.

«A questo punto aiutatelo a scivolare nella macchina». Fatto. Liscio come l'olio.

«Richiudete la carrozzella e mettetela nel baule. In bocca al lupo. Non fatevi beccare». Fatto. Crepi. Tocchiamoci le palle.

Tirammo un sospiro. Tutto bene. Non ci scoprí nessuno, tranne Zibi, che se ne stava là fuori ad arrotolare uno spinello dopo aver riposto la materia prima sotto il sedere, sicuro del nostro silenzio, come noi del suo. Alzò al cielo la cartina mezza chiusa come si farebbe con un bicchiere di vino per chiamare un brindisi.

Pico mise in moto, e quella sera, per la prima volta nella nostra nuova vita, eravamo tutti insieme fuori dal Cto.

## 19.

Il sorriso di Carlo tremava di felicità e di preoccupazione per l'eventualità che qualcuno degli uomini in camice si rendesse conto del rapimento. Poi però rifletteva: – In fondo che cosa possono farmi? Non siamo mica in carcere.

Infatti.

Se Carlo avesse voluto, con il permesso dei medici avrebbe potuto firmare un semplice foglio e uscire per qualche ora, senza bisogno di organizzare la «Grande Fuga». Ma l'idea di evadere, di iniettarci un po' di adrenalina tutti insieme, come se quella post incidente non fosse bastata, ci piaceva.

Pico sfrecciava nel traffico con l'intento di non perdere neanche un secondo della semifinale. Dallo stereo si spargeva nell'abitacolo *Sick Boys* dei Social Distortion, giusto per seguire la linea anni Novanta della cd-teca della Golf. Il volume era cosí alto da coprire le nostre voci che urlavano il ritornello senza una minima parvenza d'intonazione. Dai sedili posteriori, Gazza e io continuavamo a elargire pacche sulle spalle di Carlo, come si fa per complimentarsi con uno studente che si è appena laureato. Lui si guardava intorno, godendosi finalmente la città dopo tanta reclusione, la faccia curiosa di un turista giapponese che vede Firenze per la prima volta.

La sua ragazza fu messa al corrente del nostro piano per telefono, in viva voce, appena saliti in macchina. Ognuno le raccontò la propria versione del rapimento, eccitato, parlando sopra l'altro, senza che lei potesse capire un accidente. Si limitò a rispondere: – Lo sapevo che prima o poi lo avreste fatto. Scommetto che è stato tutto merito di Pico, mi sembra di vederlo che vi chiama a raccolta e vi rivela le sue idee pericolose –. E tutti a ridere.

– Stai tranquilla, guardiamo solo la partita e torniamo in ospedale, non se ne accorgerà nessuno, – provò a sdrammatizzare Carlo.

– E se trovano il letto vuoto?

– Un altro da metterci lo trovano di sicuro! – risolse Gazza. E tutti a ridere, di nuovo, senza sinceramente capire perché.

– Non fate sciocchezze.

– Non preoccuparti, mammina, – rispondemmo in coro, come bambini sul pullman in gita scolastica.

In effetti, la faccenda del letto avrebbe potuto costituire un problema, se non ci fossimo sentiti protetti da Susanna. Era di turno e si sarebbe occupata della stanza di Carlo: il suo materasso vuoto l'avrebbe visto solo lei.

Il procedimento di uscita dalla macchina fu identico al precedente, solo un po' piú complicato, visto che la maggiore altezza della carrozzella rispetto al sedile della Golf costringeva la tavola da skate a stare in salita, ma ce la cavammo egregiamente, in tempo per prendere l'ascensore verso il nono piano e goderci la partita. Il sole non ne voleva ancora sapere di tramontare, irradiava luce come fossero le quattro del pomeriggio. Firenze era piú bella di tutta la Germania messa insieme. Mi venne in mente Annunziato, che se ne stava là a vedere una delle partite piú spettacolari della storia del calcio, in mezzo ai flash dell'Olympia Stadion che facevano lampeggiare il televisore come se sul terrazzo avessimo montato una strobo.

Ma Annunziato non aveva gli amici che avevo io. Quella sera non avrebbe avuto nessuno con cui organizzare un'evasione, nessuno con cui ascoltare musica anni Novanta, nessuno con cui imprecare a ogni azione di gioco, nessuno da abbracciare in caso di vittoria. Solo il suo giornale, i suoi appunti sul taccuino, e il suo ruffiano attaccamento a Maraschi.

L'Italia vinse due a zero ai supplementari e si qualificò per la finale, noi ci riempimmo di birra e decidemmo, prima di ritornare alla base, di scorrazzare un po' per la città a festeggiare e a cercare una pinta per un ultimo brindisi. Firenze era in festa, ovunque fummo travolti da concerti di clacson, trombe, fischietti, sventolio di bandiere tricolore e fiumi di alcol, mentre la sedia a rotelle di Carlo barcollava attraversando le mattonelle irregolari del centro e passando sopra bottiglie rotte, bicchieri di plastica, mozziconi di sigaretta accesi, uscendone sempre intatta, come un carro armato.

L'occasione della vittoria azzurra riportò per una sera il pub ai fasti di una volta, quando ancora era uno dei posti di ritrovo di maggiore successo in città. Ci prodigammo in una valanga di saluti verso persone che non vedevamo da anni e di cui nessuno di noi aveva mai sentito la mancanza. Sapevano tutti dell'incidente di Carlo, i giornali locali e il passaparola che si era scatenato dopo il tuffo avevano sparso la notizia. La gente si avvicinava a lui per sfoggiare il piú compassionevole degli sguardi, o per rivolgere timide domande dettate dall'imbarazzo, tipo: «Ma ti fa male?» Il nostro amico rispondeva con tranquillità a ognuno, abituato a destreggiarsi fra gli atteggiamenti di pietà e insieme di distanza del mondo esterno. C'erano tutti. La Gaia Ricciardi, la piú grande troia della storia centenaria del nostro liceo: con quelli che si era fatta negli anni della scuola, fra gite e ricreazioni trascorse in bagno, ci potevi riempire il Madison Square Garden, e fra gli spalti avresti scorto pure me, Gazza e Carlo. Tutti tranne Pico.

Ci aveva sbaciucchiati sulle guance, subito dopo essere uscita dal cesso dove, ci avrei giurato, aveva appena praticato petting estremo con uno degli avventori del locale. Fu l'unica a comportarsi serenamente davanti al nostro amico, chiedendo dettagli sul maledetto tuffo, dividendo la sua curiosità fra l'incidente e le nostre vite a Milano e in Scandinavia, sfoggiando il suo sorriso piú spontaneo e sexy, che campeggiava sopra le tette tonde, strizzate in una canottiera bianca, di un paio di misure piú piccola. Tutti gli altri non appena vedevano la sedia a rotelle cambiavano espressione e si agitavano, chiedendosi quale fosse il modo piú adatto per rapportarsi con Carlo. Lui conosceva tutte le possibili reazioni della gente: si divertiva nel corridoio dell'ospedale ad andare a sbattere con la carrozzella contro estranei, per notare meravigliato che gli chiedevano scusa, come se stare seduto là sopra gli desse di diritto ragione.

Nel gruppo della Ricciardi c'era Fabio Bontempi, detto Bonte. Esperto pilota di scooter, riusciva ad attraversare tutta la piazza impennando il suo Booster, che a quasi trent'anni non aveva ancora abbandonato. Sull'ingresso se ne stava impalato Giampiero Malatesta, soprannominato il «Male», vista la sua pungente antipatia: aveva finito l'università prima di tutti, con una laurea in Legge da centodieci e lode e il bacio accademico, rievocato ogni volta che qualcuno gli poneva domande sui suoi studi. Raccontava del bacio con tale soddisfazione che sembrava ci avesse limonato, con quei vecchi professori. C'era il gruppo dei punkabbestia con i cani liberi di pascolare davanti al pub nel cimitero di bicchieri rotti, la banda dello stadio, con cui Gazza scambiò abbracci fraterni neanche fosse Capodanno, e quella dei fighetti, che avrebbero indossato il Woolrich con la pelliccia anche in luglio, per il solo desiderio di fare moda.

Tutti al pub, tutti diversi fra loro, e Firenze come unico punto in comune. Ci rinfrancò il pensiero che il giorno dopo il nostro pub sarebbe tornato alla normalità, rifugio di americane e pochi individui di sesso maschile assetati di birra e sport sui canali satellitari.

Gazza si fece spazio a gomitate tra la folla ubriaca, prese quattro Guinness al bancone, riuscí a portarle fuori maneggiandole come palline da tennis, e ce le scolammo seduti su un muricciolo, nella piazzetta all'ombra del Palagio di Parte Guelfa, al riparo dall'apocalisse di gioia che si stava consumando in tutta Italia per la vittoria degli azzurri.

Carlo, reduce dal suo primo bagno di folla, beveva la birra facendosela versare di volta in volta in un bicchiere di plastica, piú facilmente impugnabile.

Il primo sorso lo rilassò: abbandonò del tutto le spalle sullo schienale. In fondo se l'era meritato proprio, dopo aver dovuto dispensare saluti e spiegazioni su tuffi, Cto e fisioterapie. Il suo racconto era ormai diventato una registrazione che bastava mettere in play, un copione imparato a memoria, che era stato costretto a ripetere a ogni visita e a ogni telefonata ricevuta nell'ultimo mese e mezzo, ma nella sceneggiatura da dare in pasto a chiunque ne facesse richiesta c'erano solo i momenti salienti. Di raccontare i dettagli alla Ricciardi, o a quel perfido di Malatesta, non aveva nessuna voglia.

La sbronza spinse però Carlo a farci notare qualcosa a cui non avevamo mai pensato.

– Non mi avete mai chiesto com'è successo.

– Com'è successo cosa? – domandò Pico, sapendo benissimo a cosa si riferisse Carlo.

– Il tuffo.

Seguí un attimo di silenzio, sporcato dai rumori dei caroselli provenienti da ogni parte della città.

– Lo sappiamo benissimo com'è successo, te l'ha appena chiesto tutta Firenze, – provai a mixare le mie parole sui cori dei tifosi, – e poi ce l'ha raccontato Valeria.

– Già, ma non sapete come l'ho vissuta io. Non sapete cos'è successo sott'acqua, mentre ingurgitavo e respiravo sabbia, acqua salata, e schifosissime alghe tirreniche.

– Hai perso conoscenza, – provò a indovinare Pico.

– È vero, ma questo è accaduto dopo.

Si tinse le labbra di schiuma densa e irlandese, e cominciò il racconto: – Mi ricordo tutto nei minimi dettagli. Nel momento in cui ho impattato con il fondale, ho sentito una fitta spaventosa. Il dolore è stato forte, ma brevissimo, forse meno di un secondo, piú veloce di una scossa, poi non ho sentito piú niente. Sono rimasto anestetizzato, e non riuscivo a muovere un solo muscolo del corpo.

I petardi e i clacson dei motorini diventavano sempre piú assordanti.

– Ma lo sapete qual è stata la cosa peggiore? Il rumore. Il rumore che ho sentito non credo esista in natura. Tipo quello che senti sul pavimento quando sposti di qualche centimetro un mobile pesante, ma molto piú ovattato. Non era forte, ma sono riuscito a sentirlo chiaro, scandito, in un mare di silenzio. È durato pochissimo, come la fitta, li ho sentiti in sincrono, e vi giuro che quel rumore non me lo dimenticherò mai. Ogni tanto ripenso a quel tuffo, lo sento ancora, e mi fa una paura del diavolo.

Nessuno di noi aggiunse una parola, ascoltavamo senza fiatare, riuscivamo a sentire i nostri respiri, nonostante il frastuono.

– Dopo quel rumore mi sono accorto che non potevo fare un cazzo di nulla, non riuscivo a sollevare la testa fuori dall'acqua, ero paralizzato, e nel frattempo immagazzinavo tutta la merda del mar Tirreno. Sto morendo, pensavo, non ci credo che sto morendo come un coglione, per un tuffetto. Io speravo di morire facendo uno sport estremo, oppure di infarto a ottant'anni, imbottito di Viagra, durante un amplesso, o durante la vittoria in finale di Champions League della Fiorentina. Speravo di morire dalle risate piuttosto, ma non per un tuffo del cazzo, e intanto respiravo acqua, sabbia e Dio solo sa cosa, e mi rendevo conto che le cose non si stavano affatto mettendo bene. Non mi sono visto tutta la vita passare davanti, non ho pensato alla mia infanzia, niente di tutto quello che si dice di chi si trova improvvisamente a tu per tu con la Grande Mietitrice. Cazzate, luoghi comuni. Non ci sarebbe nemmeno stato il tempo per ripensare a tutta quella roba lí. E poi bisogna essere in sé per percorrere ventisette anni di vita e riassumerla come si deve, e là sotto non è che fossi lucidissimo. Una sola cosa avevo in testa: sto morendo per un tuffo. I miei amici sarebbero capaci anche di prendermi per il culo per questo, e di farsi due risate al mio funerale. Contavo i millesimi di secondo che passavano lentissimi, e a ogni singolo rintocco mi allontanavo, sentivo in modo tangibile, e per questo inquietante, che me ne stavo andando. L'ossigeno era liquido, aveva il sapore della sabbia, non riuscivo ad aprire gli occhi, anche se sapevo che sarebbe stato inutile: avrei visto un unico colore marrone e opaco. Non avevo piú anidride carbonica da espellere, solo bile, che mi sono ritrovato a inspirare come una boccata d'aria. Sentivo i polmoni strizzarsi come stracci umidi. E Valeria dov'era? La immaginavo nuotare fra enormi dune e profondi tunnel di sabbia scura, dove sarebbe stato impossibile trovarmi. Sono qua sotto, diceva una voce interna, senza audio, anche se la riconoscevo come mia. Nessuno mi può aver sentito, pensavo, quel suono non deve aver smosso neanche un granello di sabbia. Stavo vaneggiando, come se qualcuno tenesse in moto il cervello per conto mio. Quando ho riaperto gli occhi, mi sono accorto di essere in un letto di ospedale. Ecco cos'è successo, ora lo sapete.

Ci sentimmo sputare incomprensibili suoni gutturali con il semplice scopo di coprire il silenzio, dal momento che anche i caroselli per l'Italia sembrarono all'improvviso andare avanti in «mute», prima che Gazza dicesse: – In effetti è meglio morire nei modi che hai detto prima: com'era quella faccenda dell'amplesso a ottant'anni? – Aveva pescato una frase a caso nell'ampolla delle possibili risposte, e avrebbe potuto indubbiamente trovare di meglio.

– E infatti tirerò le cuoia in qualche altro modo, in culo al tuffetto! – chiosò Carlo, stringendo fra i due pugni il bicchiere di birra e avvicinandolo ai nostri. – Ai modi che ho detto prima! – brindò.

– Ai modi che hai detto prima! – e le nostre voci, euforiche e commosse, surclassarono quelle dei tifosi.

## 20.

Sarebbe stato piú probabile trovare Zibi a fumarsi una canna con il primario piuttosto che il nostro rapimento passasse inosservato. Lo avevamo messo in conto e forse ognuno di noi sapeva in cuor suo che ci avrebbero scoperti, ma nessuno si era azzardato a sollevare seriamente il dubbio, per paura che il nostro piano fosse mandato a monte. D'altronde non sarebbe mica successa la fine del mondo, erano abituati alle fughe dei pazienti: da quando abitava al Cto, Zibi era evaso circa una volta alla settimana sulla sua carrozzella per andare a comprare il fumo, o per noleggiare una puttana sul viale piú vicino all'ospedale, con la speranza che nel suo corpo prima o poi tornasse tutto a funzionare come si deve. La leggenda, riportata da Carlo, narra che una volta lo ritrovarono sulla superstrada Firenze-Pisa-Livorno, mentre sfrecciava con la sedia a rotelle sulla corsia di emergenza verso chissà quale destinazione. Scappava come i cani quando sentono il gentil sesso in calore.

Avevamo intenzione di fare il percorso inverso della fuga, usando il solito cespuglio rinsecchito per ritornare alla base. Cecco ci stava aspettando in giardino, esibí un saluto spento che ci fece accapponare la pelle. Una volta dentro, varcata la porta a vetri, ci accorgemmo che oltre al letto di Carlo ce n'era un altro vuoto e, viste le condizioni del paziente, dubitammo se la fosse squagliata anche lui per godersi la partita insieme agli amici.

Il cinese aveva deciso di passare a miglior vita proprio quella notte, nello stesso istante in cui, a Düsseldorf, Grosso faceva goal: al minuto 118 aveva mandato l'Italia alla finale dei mondiali e l'intera nazione in visibilio. Era il 4 luglio del 2006. Noi avevamo brindato a Carlo che era sopravvissuto, e nel frattempo, poco piú in là, qualcuno non ce l'aveva fatta. Lo avevano da poco portato via dalla stanza, e la processione di camici che quella notte continuava a fare su e giú aveva notato l'assenza di Carlo, cosí che tutti i nostri complici – Zibi, Cecco e Adrian – avevano rivelato la nostra marachella affinché il personale del Cto non pensasse al peggio. Susanna non aveva potuto farci niente, quella notte anche per lei la nostra fuga era passata in secondo piano. Nessuno andò troppo in fondo alla questione, presi tutti com'erano da fatti ben piú gravi.

Restammo lí, in silenzio, di fianco al letto di Carlo, a fissare quello ormai vuoto del cinese. Il ragazzino ci guardava senza dire una parola, lo sguardo di chi per la prima volta ha visto un uomo morire di fianco a lui. Avrei voluto dirgli qualcosa per distrarlo, che tutto sarebbe andato per il meglio, per esempio, e chiedergli: «Hai visto l'Italia che spettacolo? Due a zero ai supplementari: chi l'avrebbe mai detto?», ma nemmeno ero sicuro seguisse il calcio. Non ci eravamo detti mai granché da quando avevo iniziato a frequentare il Cto, ci limitavamo al saluto, e tutto questo adesso mi faceva stare malissimo. Lo guardai, cercandomi in faccia l'espressione piú rassicurante possibile. Funzionò, i lineamenti del suo viso si ammorbidirono di colpo, mi sembrò rinfrancato dalla nostra presenza.

Pensai che non avevamo fatto mai niente di niente per alleviare i dolori del cinese, le sue paure; ci limitavamo a sopportare i suoi lamenti, prendendolo addirittura per il culo quando ci trovavamo fuori dalla camera. Se n'era andato senza dire addio a nessuno, lottando come un dannato. Era uscito dalla rianimazione proprio come Carlo, ma aveva fatto tutto quanto da solo, senza amici, e forse proprio per questo alla fine si era arreso. Appoggiammo una mano sul letto, salutandolo con parole mute che scandimmo forte e chiaro dentro di noi.

Nei giorni successivi guardai ripetutamente quel letto, sperando invano di scorgere ancora la piccola testa scura e il mugolio. Niente. Non stava simpatico a nessuno, ma lo stesso ne sentimmo la mancanza. Cecco, Carlo e il ragazzino avrebbero finalmente dormito senza rumori molesti, ma il silenzio avrebbe fatto un po' piú paura, come quando da piccolo vai a letto presto, e il suono della tv e delle chiacchiere in salotto ti culla e ti rassicura, proteggendoti dai fantasmi e dal buio, ma quando tutti vanno a dormire le tenebre e il silenzio calano, ti senti solo, e sembra non esserci piú scampo.

Ci fu una persona che quella notte pianse il cinese. La peruviana. Ce la indicò Carlo, seguendoci fino al cortile. Colei che faceva avanti e indietro dall'ospedale quasi ogni giorno, setacciando ogni reparto per dar conforto ai pazienti, abbeverandosi alle loro sofferenze forse per sconfiggere le proprie e nutrire la sua profonda fede, ora se ne stava su una panca a piangere uno dei suoi ragazzi piú in difficoltà, che, a causa della forte differenza di idioma, probabilmente non aveva mai capito una mazza di quello che lei gli diceva quando si sedeva al suo capezzale.

Mentre mezzi sbronzi arrancavamo verso il parcheggio, ci accorgemmo che Carlo si era fermato dalla donna. Lei stava pregando in spagnolo. Il nostro amico ci guardò con un ghigno malvagio e divertito, prima di attaccarle bottone e confessarle nuovi finti peccati della sua vita rock'n'roll. Era un genio del male. Ci strappò una risata.

Prima di chiederci come caspita facesse a prendere tutto cosí, prima di risponderci che forse proprio per questo lui era sopravvissuto e il cinese no, udimmo la voce stanca di Susanna richiamarlo all'ordine.

## 21.

Gazza sganciò la bomba subito dopo la solita cena alla *Quei bravi ragazzi*. Piú volte era successo che se ne andasse via dall'ospedale o dal pub senza una spiegazione, se non quella di dover chiamare la sua ragazza a Helsinki. Quando faceva cosí, significava che qualcosa bolliva in pentola. Sarebbe stato piú facile spalancare la cassaforte della Banca Intesa piuttosto che aprire lo scrigno dei segreti di Gazza. Ma prima o poi doveva arrivare il momento in cui il suo cuore sarebbe esploso come un gavettone in un tripudio di confidenze.

Aveva preparato la cena ad arte, con impegno maggiore del solito, superando se stesso, come per corteggiare il nostro ormai evidente sospetto che ci fosse qualcosa da sapere. Quella sera nei contenitori di alluminio c'erano ottime lasagne di mare e capesante gratinate che meritarono la ola di tutti i commensali. Valeria si scrisse le ricette sull'agenda, Susanna cercò di memorizzarle provando a ripetere piú volte ogni singolo passaggio sotto lo sguardo vigile di Gazza, che la corresse finché il mix di ingredienti e dosi non le fu del tutto chiaro. Stuzzicò il nostro palato prima di affondare il colpo con il piú dolce dei dessert. La rivelazione lasciò tutti di stucco, quasi ci cadde il mento dentro i piatti vuoti.

– È al quarto mese.

Ci guardammo tutti come se avesse parlato la bottiglia di Falanghina.

– Eve, la mia ragazza, è al quarto mese, – ripeté Gazza con tono piú deciso.

– Non ci credo, – mi sentii dire.

– Non ci posso credere, – fece Pico.

– Non è vero, – si aggiunse Carlo.

– Ma veramente? – chiese Valeria.

– Sono padre, – sparò Gazza.

Restammo in silenzio per qualche secondo, tanto che lui si pentí, sulle prime, di averci servito sulla tavola apparecchiata una notizia cosí forte senza il minimo preavviso.

In realtà era la cosa piú bella successa negli ultimi mesi. Infatti, trascorsi pochi istanti di gelo, necessari per metabolizzare l'immagine del sosia di Gascoigne che gioca al parco con il pargolo, scoppiammo tutti in una fragorosa risata di gioia.

Pico nascose la faccia nel mio petto, dandomi pugni sulla spalla per sfogare il suo entusiasmo. Io guardai in alto aspettando che qualcuno scendesse dal cielo o dal soffitto e mi dicesse che stavo sognando. Carlo aggirò il tavolo facendo derapare le ruote della sedia a rotelle come un motociclista e sgommò fino a Gazza. Cecco fece partire un applauso, Adrian intonò un ritornello incomprensibile che nessuno riuscí a seguire e che sembrava uscito da uno stadio di Tirana, Valeria e Susanna si precipitarono ad abbracciare il futuro padre. Zibi infilò una mano sotto il cuscino della carrozzella, alla ricerca delle leccornie per festeggiare a modo suo la lieta novella. Chi batteva le mani, chi picchiava i pugni sul tavolo, chi gridava senza senso. Si ruppero due bicchieri. La sala mensa era sommersa dal boato, qualcuno nell'ospedale pensò fosse tornata in campo l'Italia.

– Ecco perché eri strano! Sei babbo! Ebbravo! – urlò Pico, schiaffeggiando Gazza amichevolmente.

– Non ci credo, – continuavo a ripetere. – Sei babbo!

– Perché è un bravo ragazzo! Perché è un bravo ragazzo... – intonò Adrian con il suo originale accento. Qualcuno lo assecondò per poche note, prima di rendersi conto che l'ultima volta aveva cantato quel ritornello negli anni Ottanta.

Gazza, gonfio di felicità oltre che di frutti di mare e vino bianco, arrossí per l'emozione.

Cecco sparí in camera, prima di tornare con una bottiglia di Veuve Clicquot, calda come camomilla, che non aspettava altro che un pretesto per essere stappata.

– E questa s'a bevemo alla salute d'a creatura der nostro amico Gazza! 'Namo coi bicchieri!

La festa cominciò, e si protrasse fra brindisi e grida di giubilo finché il personale dell'ospedale non ci pregò di darci una regolata. Ci spostammo nel cortile dopo aver caricato una moka gigantesca. Quando entrammo nella fase calante, tipica di ogni festa casalinga, passammo alle domande.

– E adesso come fai? – cominciò Pico, riuscendo quasi a riassumerle tutte in un colpo solo.

– Mi allenerò a cambiare i pannolini e a svegliarmi nel cuore della notte, che vi devo dire, non sarà difficile.

– Non ti ci vedo, – commentò Carlo con aria dubbiosa e divertita. – Gazza che maneggia Pampers usati mentre fa le smorfie per non far piangere il bebè, non è un'immagine che riesco a figurarmi...

– Io invece ti ci vedo in pieno, – dissi. – In fondo è evidente che sei felice.

– Perché sei felice, vero? – cercò conferma Valeria.

Silenzio.

– Sei felice, vero? – ripeté Susanna con sospetto.

– È la cosa piú bella del mondo, – ci tranquillizzò Gazza.

Certo che lo era. Il primo fra noi a compiere un passo importante, a mettere un mattone, a fare una mossa che avrebbe segnato in positivo il resto dei suoi giorni. Ancora una volta, Gazza aveva anticipato tutti, era stato il primo. Ma se anni prima l'avevamo seguito a ruota non appena ci aveva comunicato di aver perso la verginità, stavolta nessuno sembrava disposto a emularlo.

Un figlio era ciò che di piú lontano vedessi nella mia vita. Quando stavo con Anita non ci pensavo, non mi aveva neanche sfiorato l'idea di mettere su famiglia insieme a lei. La mia ex ragazza invece sí, provava di tanto in tanto a buttarmela lí, di solito prima di prendere sonno, chiedendomi a chi dei due avrei voluto somigliasse il maschietto o la femminuccia, che cosa gli avrei insegnato, dove li avremmo portati in vacanza, cosa gli avremmo permesso di vedere in tv e cosa no, e io ci ridevo sempre su, provavo acrobaticamente a portare l'attenzione su altri argomenti.

«Nei fine settimana estivi potremmo portarli all'Elba alla casa dei miei», immaginava lei.

«Già. A proposito: c'è ancora quel locale di musica jazz dal vivo a Capoliveri?» glissavo io.

Spesso avevo il sospetto che volesse solo mettermi alla prova per misurare la mia maturità, e dopo lo scarso risultato ai suoi test mi aveva lasciato imbambolato sulla porta di casa di via Eustachi.

In poco tempo avevo perso la donna che amavo, un lavoro in cui me la cavavo alla grande e una casa a cui ero affezionato. Gazza invece stava mettendo su famiglia, nonostante fosse a tremila chilometri di distanza dalla sua dolce metà da quasi un mese e mezzo. Ma Eve gli voleva bene, aveva capito fin dal primo momento in cui l'aveva visto scappare all'aeroporto nell'alba desolata di Helsinki che lui doveva stare vicino al suo amico, e gli aveva concesso di lasciarla da sola per un po', con il loro bambino in grembo, convinta che presto sarebbe tornato a riprenderseli, tutti e due. E cosí Gazza avrebbe fatto.

Provai il solito senso d'invidia e soddisfazione insieme che avvertivo sempre quando mi imbattevo nella felicità delle coppie intorno a me, come quando guardi *Harry ti presento Sally* e ti senti ancora piú solo di prima, ma ti commuovi lo stesso.

Nessuno volle chiedere di piú. Come avrebbe organizzato la sua nuova vita di padre? Quando l'aveva saputo? Quando l'avevano concepito? Era voluto? Sarebbe cresciuto nella fredda Finlandia o nella nostra città?

Ci accontentammo di sapere che in occasione dell'«annunciazione» Gazza aveva perso la vista per due secondi, prima di svenire e cadere a peso morto con la faccia nella neve di aprile, stordito, in preda a tanti dubbi quanti erano stati i fiocchi scesi dal cielo durante quell'inverno scandinavo.

– Non potevo tuffarmi anch'io di testa nella neve invece di scegliere un cumulo di maledettissima sabbia versiliese? – constatò Carlo, pensando a quanto fosse imprevedibile e bastardo il fato.

Ce ne andammo tutti a letto ancora una volta sotto shock.

Sentivo il bisogno di chiamare Anita, per raccontarle quanto la mia vita fosse sconvolta, ma non lo feci, per una fiaccola di orgoglio, per vigliaccheria, e per la convinzione che parlarle di famiglia e bambini in arrivo sarebbe stata la migliore idea per seppellire del tutto il nostro rapporto.

Con la testa sul cuscino mi sembrò di sentire l'Arno scorrere debole e lento, rinsecchito dal caldo torbido di quella indimenticabile estate.

Era solo Pico che stava pisciando.

## 22.

Non avevo mentito quando, fuori dal coro, avevo detto che Gazza lo vedevo proprio a fare il padre. Lo vedevo piú di chiunque altro di noi, anche piú di Carlo, incidente a parte. Avevo visto Gazza in situazioni in cui neppure Bruce Willis si sarebbe ficcato. L'avevo visto fare a botte in un pub, fuori da un pub, in un McDonald's, allo stadio, fuori dallo stadio, scappare inseguito dalla polizia, dai carabinieri, dalle forze dell'ordine tutte insieme, ma continuavo a considerarlo il piú adatto a diventare un dolce papà. C'erano state serate in cui era impossibile contare fino a tre senza vederlo con una pinta di birra in mano, serate in cui non sarebbe riuscito a toccarsi il sedere con entrambe le mani. Nonostante questo, se avessi dovuto scommettere un euro su chi sarebbe stato il primo a dare alla luce un erede, avrei puntato la mia moneta proprio su di lui. E a quanto pare avrei vinto.

Gazza se ne andava in giro con i capelli rasati e le braccia tatuate, ma non appena incrociava un bebè in un passeggino si fermava a intrattenerlo come se fosse lo zio: «Pi-pi-pi... tu-tu-ti... piru-piru...» e altre smancerie, tanto poi c'era sempre tempo per fare a botte con qualcuno e rientrare nel personaggio.

La sera in cui ci diede la bella notizia i capelli a spazzola si misero automaticamente in piega, i versi degli Agnostic Front e dei Minutemen tatuati sulla pelle diventarono di colpo arcobaleni, e Gazza dimostrò ancora una volta di essere pronto.

Eve faceva la cameriera in un bellissimo ristorante nel centro di Helsinki, con le poltrone in pelle e le portate nouvelle cuisine, di quelli che devi presentarti quasi già mangiato per uscire sazio. Ci ero stato una volta in cui con Anita, Carlo e Valeria avevamo deciso di trascorrere un weekend di giugno in Finlandia. Ricordo ogni singolo minuto di quei tre giorni. Il mercato del porto, i profumi delle bancarelle che servivano aringhe in salsa d'aglio, la bellissima via del centro dal nome impronunciabile, Pohjoisesplanadi, il sole che non tramontava mai del tutto, che si nascondeva a mezzanotte per tornare a illuminare la città alle tre come fosse pomeriggio, andare a letto con la luce del giorno, svegliarsi con la luce del giorno.

Andare a letto con Anita, svegliarsi con Anita.

Stavamo insieme da poco e tutto mi appariva perfetto. Sembravano passati secoli da quel fine settimana, ma ancora avevo incise nella memoria le pareti coi graffiti dell'ostello di lusso nel centro di Helsinki, il sapore dei croissant al burro che Anita comprava sotto la nostra stanza e mi serviva a colazione, la valigia del ritorno piena di schifezze di renna e una scatola di carne d'orso sotto vuoto, che il rimorso ci spinse a non consumare mai e che adesso se ne stava chiusa nella cantina di via Eustachi insieme ad altre testimonianze della mia vita di coppia.

Mi balzò alla mente la sera in cui con le nostre ragazze, dopo aver cenato nel ristorante di Eve, andammo in uno dei locali piú giusti della capitale finlandese, il *Lost and Found*, un posto a due piani in cui si beveva e si ballava musica pesantissima, death metal che la gente del posto ascoltava fra un drink e l'altro chiacchierando serenamente come fosse morbida ambient. Nella folla di giovani rappresentanti della Helsinki bene, Gazza ci indicò un gruppo di ragazzi: «Li vedete quelli? Sono i Lordi».

La faccia di Carlo s'illuminò come avesse visto Elvis in persona.

«E chi cazzo sono?» sentii la mia voce arrancare sul volume altissimo dei dischi hardcore che il dj pompava manco fosse il suo ultimo giorno sulla Terra.

«Non conosci i Lordi?» mi chiese Carlo, esterrefatto dinnanzi a tanta ignoranza.

Feci spallucce.

«I Lordi sono la band finlandese piú famosa degli ultimi anni, vanno in scena solo vestiti da mostri. Non salgono sul palco se non hanno il loro costumino horror che piace tanto ai giovani finlandesi».

«A quanto pare stasera sono in borghese», notai.

«Già, non me li posso far scappare».

Carlo si avvicinò alla band. Valeria sbuffò sapendo già dove sarebbe arrivato.

Li prese per il culo per almeno un'ora, il tempo necessario per fargli credere di essere un famoso produttore italiano, e scambiarsi i contatti promettendo un tour promozionale in Italia. Il dj scandinavo aveva notato gli idoli della scena hard rock finlandese, e dalla consolle partí il loro singolo con ruffiana prontezza. Fu con quella raccapricciante colonna sonora che Anita mi prese la mano, mi agguantò una ciocca di capelli tirando la mia faccia verso di sé, e dopo avermi baciato mi guardò negli occhi e disse: «Ti amo, Rubens».

Non era la prima volta che me lo diceva, né sarebbe stata l'ultima. In verità, le altre nemmeno le ricordo, ma quella sí, al cospetto dei Lordi in borghese e del dj satanista.

E io gliel'avevo mai detto? Forse una volta, probabilmente in vacanza, perché è nei momenti piú belli che si dicono frasi del genere. A ogni modo, avrei scommesso che non mi fosse uscito convincente come a lei.

Le vacanze a coppie mi mancavano, e di questo passo, se le intenzioni di Pico con Susanna fossero andate a buon fine, sarei rimasto l'unico single.

– Lo farai crescere a Helsinki con il rischio che ti diventi un fan dei Lordi? – chiesi a Gazza, spegnendo la sigaretta in un vaso del cortile del Cto stracolmo di cicche.

– Nascerà in Finlandia, lo battezzeremo là, dove le donne hanno un anno di maternità dal lavoro e un assegno dallo Stato che da noi si sognano. Poi crescerà in Italia, è deciso – spiegò Gazza. Avevano organizzato tutto, lucidissimi.

È incredibile la familiarità e il senso di sicurezza che ti dà un posto quando lo frequenti quotidianamente, anche se si tratta di un ospedale e non di un villaggio Valtur. Col tempo eravamo riusciti a scansare i blocchi di tristezza che abitavano quei corridoi, come i ladri con i raggi infrarossi dell'allarme nelle banche. Là dentro erano già tutti a conoscenza della dolce attesa di Gazza, e volevano sapere i suoi progetti.

– Come ha preso la tua ragazza il fatto che te ne sei andato un mese e mezzo fa lasciandola da sola? – domandò Susanna.

– Ha capito, – rispose Gazza.

Invidia. Piacevole invidia. Provai a ipotizzare come avrebbe reagito Anita nei panni di Eve, senza alcun risultato.

– Fra qualche giorno, – aggiunse, – salirò su da lei e me la porterò a Firenze per l'estate. Poi, quando sarà il momento, torneremo a Helsinki a sfornare la pagnotta.

Susanna scambiò uno sguardo d'intesa con Valeria, come a dire che non esistevano piú gli uomini di una volta, ma in fondo anche quelli di oggi sapevano stare dietro alle proprie responsabilità, o almeno facevano la loro porca figura. Gettò la sigaretta, si alzò per tornare alle sue mansioni di infermiera. Con la mano curata, che sfoggiava unghie laccate di smalto nero, sfiorò la spalla di Pico, prima di ciabattare all'interno dell'ospedale. Io mi immaginai in vacanza con tre coppie, e un moccioso identico a Gazza.

## 23.

Il mattino dopo mi svegliai grazie al fascio di luce che filtrava dalle fessure della tapparella socchiusa. Mai aprirla del tutto, entrerebbe solo calore. Avevo puntato il ventilatore sui piedi per dormire fresco senza correre il rischio di alzarmi con il torcicollo.

Mi stiracchiai, pensando al sogno che avevo da poco interrotto. Anita in alcune scene aveva la faccia della peruviana, in altre la propria, e se ne stava rannicchiata su una sedia ai bordi del ping-pong del Cto, mentre Zibi e Gazza si impegnavano in una delle loro sfide piú tirate. Anita *featuring* la peruviana alzava di tanto in tanto lo sguardo per seguire i salti veloci della pallina, voltando incessantemente la testa a destra e a sinistra.

Ancora una volta, Freud avrebbe fatto scena muta di fronte all'eventuale richiesta di spiegazioni. Decisi che interpretare il sogno sarebbe stato uno sforzo inutile. Mi alzai sbuffando, sollevai per intero la tapparella facendo entrare la città nella stanza e mi avviai a piedi nudi in cucina. Era il giorno della finale dei mondiali, fra qualche ora l'Italia sarebbe scesa in campo contro la Francia.

– Buongiorno, – sentii mentre aprivo il frigo alla ricerca di una bottiglia d'acqua ghiacciata.

Non era Pico, perché Pico è un maschio, e ha la voce da maschio, mentre quella era la voce di una donna. Mi voltai di scatto. Era la prima volta che la vedevo con i capelli sciolti e senza il camice verde, e mi sembrò ancora piú carina.

– Buongiorno… Susanna, – farfugliai.

– Hai dormito bene nonostante il caldo? – mi chiese, quasi per toglierci dal lieve imbarazzo con una comune cortesia.

– Non male, – blaterai con voce catarrosa. – Ho scoperto che lasciando le tapparelle socchiuse e puntando il ventilatore sui piedi riesco a dormire. Lo punto in basso sennò è un attimo che mi prendo il raffreddore e…

– Lo vuoi un po' di caffè? L'ho fatto da poco, – mi interruppe prima che mi addentrassi nella spiegazione di tutte le mie teorie su come sconfiggere l'afa senza infortuni.

– Sí, grazie, è proprio quello che mi ci vuole.

Quando si alzò per prendere la moka che giaceva sui fornelli, mi accorsi che indossava una maglietta bianca che le arrivava fin sopra le ginocchia. Mi sembrava di averla già vista da qualche parte. Mi strofinai gli occhi per mettere a fuoco la grafica che campeggiava sulle sue tette.

Era la mia maglietta degli MC5, quella che avevo preso a New York, quattro anni prima, in un negozio vintage sulla Bowery! Ci tenevo come a un parente stretto e non trovandola piú da un sacco di tempo mi ero rassegnato all'evidenza di averla persa. Cosa ci faceva Susanna in cucina con la mia T-shirt preferita? Capii nell'esatto istante in cui mi versò il caffè nella tazza: me l'aveva rubata Pico, chissà quando, e ora la offriva agli ospiti per dormire… Dovevo ricordarmi di custodire certe cose in cassaforte.

– Sei sorpreso di trovarmi qui, Rubens? – mi domandò Susanna.

– No. Cioè sí. Cioè… sono solo un po' assonnato.

In effetti me ne stavo ancora nel mondo dei sogni, e l'immagine dell'infermiera Susanna che mi preparava la colazione mezza nuda, mentre gironzolavo in mutande e scalzo per la cucina, mi aveva lasciato un filo inebetito.

– A chi lo dici, e oggi ho pure il turno di notte, temo che ce ne vorranno un bel po' di caffè come questo.

E cosí Pico ce l'aveva fatta. Avevo notato la fiammella dell'amore nei suoi occhi dal primo momento in cui avevamo incontrato Susanna, stesi sul pavimento dell'ospedale, stravolti dalla notizia del tuffo di Carlo e dalle ore di veglia no stop. Pico sarebbe stato capace di spostare Palazzo Vecchio senza farsi scoprire, ma in quanto a cotte adolescenziali era un libro aperto e non l'avrebbe data a bere a nessuno.

Fece il suo ingresso trionfale in cucina con lo sguardo compiaciuto, salvandomi da una conversazione che né Susanna né io avevamo la minima idea di dove sarebbe andata a parare. Baciò la sua dama sulla guancia e mi lanciò un'occhiata d'intesa che interpretai come: «Ce l'ho fatta! Ci ho messo un po', ma alla fine ce l'ho fatta, hai visto Rubens?» Io ricambiai, guardandolo come per dire: «Bel colpo Pico, lo sapevo che sarebbe andata bene, è un bel tipo, la donna che ti ci vuole, sono contento per te», anche se sulle prime avrei voluto portare il nostro scambio sulla faccenda della maglietta degli MC5, e dirgli: «Ti sembra il momento di parlare di donne, brutto coglione? Ma come cazzo è possibile che non trovo piú la T-Shirt di uno dei gruppi piú importanti della storia del rock, della band simbolo della scena di Detroit, rarissima, originale, che risale al '69, anno di pubblicazione dell'album live *Kick Out The Jams*, un disco seminale, e scopro, dopo tutto questo tempo, dopo averla cercata ovunque, dopo aver chiamato alberghi, compagnie aeree, spogliatoi del calcetto, dopo aver bestemmiato in tutte le lingue e i dialetti del mondo convinto di averla persa, insomma, scopro a distanza di anni che l'hai presa tu?»

Susanna non si accorse del nostro dialogo telepatico.

– C'è un po' di caffè per me? – chiese il padrone di casa.

– Da quando bevi il caffè? – domandai.

– Da quando lo fa Susanna.

Susanna riempí divertita un'altra tazza. – È tardi, passo da casa a cambiarmi e a fare delle commissioni ché stanotte ho il turno. Ci vediamo in ospedale.

Baciò Pico all'angolo della bocca e fuggí in camera a sistemarsi prima di uscire. Come sentimmo l'infermiera chiudere la porta, Pico mi venne incontro esultando: mi versai mezzo caffè addosso.

– Hai visto come è bella? Oddio non posso crederci...

– Maledetto, la mia maglietta degli MC5.

– Che notte, Rubens. L'abbiamo fatto una cosa come...

– Mi hai rubato una maglietta a cui sono affezionatissimo, – lo bloccai cercando di fargli capire quanto grave fosse stato il suo gesto.

– Una cosa come... Non mi ricordo. Tre... Anzi quattro volte, forse, ho perso il conto.

– Devo chiudere a chiave il mio armadio, cleptomane di merda che non sei altro.

– Certo, col camice verde ha il suo fascino, ma nuda è la donna piú bella che abbia mai visto. Se avessi una sua foto cosí, sarebbe lo sfondo del mio computer.

– Quando me l'hai rubata? Se tu mi chiedessi di prestarti una T-shirt non ci sarebbero problemi, lo sai, basta chiedere.

– Tutte bellissime, la terza forse la migliore. La terza è stata la piú intensa, e poi a quel punto avevamo raggiunto una sintonia formidabile. Ho messo su un disco di Nick Cave, *The Boatman's Call*, quello che mi hai regalato tu, mi pare, e sono andato sul sicuro. Una notte indimenticabile.

Ecco dov'era finito quel disco. Pure quello, ma vaffanculo!

Buttai giú quel che rimaneva del caffè e proposi rassegnato: – Ma sí, dobbiamo festeggiare, andiamo a fare colazione fuori, offro io.

Mentre sfrecciavamo nel traffico del centro a bordo della mia vespa arancione, Pico continuava il suo dettagliato racconto della notte appena trascorsa. Io cambiavo e scalavo le marce, tentando di immaginare le scene erotiche descritte dal mio passeggero con me e Anita come attori protagonisti.

Invidia, piacevole invidia, ancora una volta, come in un déjà vu. La provavo troppo spesso, ultimamente.

Seduto ai tavolini di un bar di piazza della Signoria, quando ormai tutto quello che era successo nel suo letto era stato descritto senza tralasciare particolare alcuno, Pico finalmente si degnò di focalizzare il suo racconto su ciò che era avvenuto prima di avviare il *mio* disco di Nick Cave nello stereo.

Dopo giornate intere trascorse ad aspettare le sue pause dal lavoro, a rincorrerla nei corridoi dell'ospedale con scuse ridicole, era riuscito a strappare un sí alla proposta di tornare verso casa insieme. Susanna abitava dall'altra parte della città, ma Pico si era offerto di accompagnarla come se fosse di strada, riservandosi di deviare la rotta verso altre destinazioni. Cosí aveva fatto, e lei aveva accettato. Avevano mangiato una pizza in un posticino spartano, senza pretese, vicino a piazza della Vittoria, quello in cui ai vecchi tempi cenavamo il sabato sera con non piú di diecimila lire, per poter poi affrontare economicamente preparati il resto della serata. Scelse di portarla proprio lí perché quei tavoli gli avrebbero suggerito l'abbrivio per raccontarle mille aneddoti di vita passata, che avrebbe abilmente usato per riempire eventuali silenzi, nemici numero uno di tutti i primi appuntamenti. Finita la Bismarck (lei aveva ordinato una semplice Margherita, che aveva però personalizzato con un filo d'olio piccante), il nostro amico aveva optato per un locale di musica dal vivo, dove quella sera era in programma un tributo a Frank Zappa.

Finito il live, quando sul palco erano rimasti gli strumenti incustoditi ed era partita una compilation di celebri pezzi blues, i due erano usciti a fumare. La sigaretta piú lunga della sua vita, disse Pico. Mentre aspirava la Marlboro contava i battiti del cuore, pensando alla prossima, imminente mossa. L'aveva baciata di colpo, cogliendola alla sprovvista, quando, davanti allo sportello della Golf, il dialogo era finito sul problema della musica dal vivo a Firenze, sul fatto che sarebbero serviti piú locali per suonare in una città culturalmente centrale come la nostra e via dicendo, discorsi che non erano altro che una copertura al pensiero di entrambi: «Quando ci baciamo?»

Il resto della serata lo conoscevo già nei dettagli, tranne il motivo per cui la *mia* maglietta degli MC5 fosse addosso a Susanna anziché al suo posto, ma a quel punto la colazione era finita, ne avremmo riparlato un'altra volta, o forse no. Ormai gliel'avevo regalata, come il mio album preferito di Nick Cave.

Fra i tavolini all'aperto, i camerieri stavano già servendo il pranzo ai turisti stranieri, seduti con la *Lonely Planet* appoggiata accanto alla bottiglia di Chianti. Uno di loro alzò di colpo gli occhi dal piatto, rapito dal rombo del motore di Monica Vitti, che misi in moto alla prima zampata. Aveva la macchina digitale al collo: mentre ingranavo la seconda, immaginai che immortalasse la vespa piú bella che avesse mai visto, con la maestosità di Palazzo Vecchio alle spalle.

Se avessi una foto cosí, sarebbe lo sfondo del mio di computer.

## 24.

Là dentro non faceva caldo, a occhio e croce ventitre gradi. Ero da solo con Carlo nella stanza video, che si trovava al meno uno del Cto, senza finestre da cui potesse entrare l'afa di luglio. Un cubo di cemento con le pareti bianco sporco illuminate da deprimenti neon giallognoli, che la sera si sarebbero spenti per dare modo al proiettore di farci sentire un po' al cinema un po' all'Olympia Stadion di Berlino.

Davo gli ultimi ritocchi in vista della storica serata di calcio. Gazza e Pico erano tornati al supermercato a comprare ciò che mancava alla spesa fatta poco prima, ovvero tutto quanto non fosse birra. Ci eravamo presentati con cinque casse di Bavaria in lattina, da sei euro e venti centesimi l'una, la birra piú economica di tutta l'Esselunga. Una birra olandese con cui in passato ci eravamo storditi durante le finali di Champions, gli europei, i mondiali, compresi quelli del 2002, che in Italia andavano in onda al mattino a causa del fuso orario con Corea e Giappone. Sarebbe bastata una sola sorsata a riportare alla memoria le pericolose sbronze delle undici del mattino.

Mi ero preso l'impegno di aprire le casse di Bavaria e sistemare le lattine fra il tavolo della stanza, schierato accanto al proiettore, e il frigo della mensa, nel quale se ne potevano incastrare soltanto una decina, con la convinzione che tutte le altre ce le saremmo scolate a temperatura ambiente, calde come piscio.

– Allora, ho sentito che fra poco te ne potrai tornare a casa.

– E chi te l'ha detto?

– Me l'ha detto Valeria, me l'hanno detto i tuoi, me l'hanno detto i medici. Dicono che sei già pronto per lasciare l'ospedale. Sei contento? – domandai, rompendo la plastica che avvolgeva l'ultima cassa di birra con le chiavi di Monica Vitti.

– Mi stai prendendo per il culo? – Carlo mi guardò fisso negli occhi.

– Perché?

– Vuoi sapere perché non sono contento? Perché dell'idea di tornare a casa non me ne può fregare di meno?

Misi le chiavi in tasca, senza rispondere, anche se un'idea ce l'avevo eccome.

– Cosa faccio una volta tornato a casa? Nel caso tu non te ne fossi accorto non muovo le gambe, non muovo i piedi, non muovo le mani, che cazzo faccio fuori da qui? – Il tono di Carlo si alzò all'improvviso, come quando ti siedi inavvertitamente sul telecomando della tv sparando il volume a palla.

– Continuerai le tue sedute di fisioterapia, con calma migliorerai.

– Che cazzo dici, Rubens. Lo sai benissimo che resterò cosí, lo sai benissimo che non ce la farò. Lo sai benissimo, dillo. Dillo che lo sai, Rubens.

Non lo voglio sapere.

– Dillo!

– Okay, lo so.

– Bene –. La voce e l'espressione diventarono di colpo rassegnate e stupite, come si aspettasse che andassi avanti col mio tentativo di contraddirlo.

– Ma so pure che le cose possono mettersi meglio, se tanti ragazzi si trovano qua dentro ci sarà un motivo, perché anche se è difficile guarire si può fare tutto il possibile, – aggiunsi.

– Belle parole, Rubens.

– Non voglio sembrarti retorico. Non lo sarei mai, con te.

– Ti faccio una domanda.

– Spara, – accettai con aria di sfida.

– Da quando hai messo piede qua dentro, hai mai visto qualcuno guarire?

Ci pensai qualche secondo, mi guardai intorno come se la risposta fosse scritta sulle pareti della sala video o proiettata sullo schermo. – Non lo so, non conosco tutti quelli che entrano qui.

– Sí, ma ci vieni tutti i giorni, ti ricorderesti di qualcuno in carrozzella che dopo qualche settimana sgambetta per i corridoi dell'ospedale, mi sbaglio? Hai visto nessun paziente uscire da qui sulle sue gambe? – aveva abbassato il volume della voce, ma era lo stesso assordante.

– Credo di no, Carlo.

Continuò a fissarmi, fece un grosso respiro. Tremava di rabbia.

– La verità, Rubens, è che da qua non escono buone notizie. Mai viste e mai sentite, qua dentro, le buone notizie.

C'era da aspettarselo.

Capii che quello sfogo non sarebbe mai arrivato a una conclusione. Era semplicemente frutto di uno stato d'animo, di quelli che arrivano e se ne vanno poco dopo, poi ripassano, e poi se ne vanno ancora via, come le onde che si gonfiano, si infrangono, lasciando dietro al loro passaggio il mare piatto, schiumoso e gassato come acqua tonica, finché le bollicine non si arrendono del tutto e la calma che rimane non sarà sconvolta dal passaggio di un altro flutto. Il dolore è come una malattia tropicale, non si toglie mai completamente. Questo lo sapevamo entrambi.

– Era meglio se ci rimanevo, là sotto, piantato come una bandierina rossa da mare mosso. Perlomeno avrei vinto il Darwin Award, il premio per le morti piú stupide, c'è anche il film, presente? – Pronunciava parole pesanti come incudini, ma non tralasciava l'ironia, né evitava di sfoggiare la sua insuperabile preparazione in film poco conosciuti o datati.

– Non ti capisco, solo pochi giorni fa stavi brindando al fatto di essere vivo, di essere scampato al tuffo, e adesso vorresti averla fatta finita come quello che ha illuminato con l'accendino l'interno di un serbatoio di benzina o quello che faceva il giocoliere con le bombe a mano.

– Scusa se la convinzione di passare il resto dei miei giorni su questa carrozzella mi ha tolto il dono della coerenza. Sai, stare seduto qua un po' di confusione in testa me la mette, oltre a farmi venire le piaghe sul culo.

– Non ti credo, ti conosco troppo bene. Non ti saresti mai lasciato morire sott'acqua, lo so. Non ti sei mai tirato indietro in niente, almeno da quando avevi sei anni, prima non ti conoscevo. Ci vuole coraggio anche per salvarsi.

– Tanto che la mia audacia da Cavaliere dello Zodiaco mi permetterà di guardare il tuo faccione dal basso in alto per il resto dei miei giorni. Pensa se l'avessi fatto. Se mi fossi lasciato affogare. A quest'ora, invece di abbandonare le vostre vite e addormentarle in quest'ospedale, mollare i vostri lavori con Dio solo sa quale progetto in mente per il futuro, avreste pensato a me come a un amico con cui siete cresciuti e che vi ha lasciato a ventisette anni con una marea di bei ricordi per allietare le vostre serate al pub, alternando intere pinte al racconto di quella volta che il simpatico Carlo finse di aver pisciato nella pasta –. Si interruppe per fare un respirone e attenuare l'affanno. – Sarebbe stato meglio cosí, a ventisette anni, come quelli del Club 27, – continuò. – Scrivevi sempre sul banco versi dei loro testi. Jimi Hendrix, Jim Morrison, Janis Joplin, Kurt Cobain. Il Club dei morti a ventisette anni, potevo fare come loro, tanto ormai la mia vita l'ho vissuta.

– Con tutto il rispetto, sei sempre stato una persona brillante e fuori dalle righe, ma mi risulta difficile paragonarti a Jimi Hendrix, salvo che per i riccioli che avevi una volta.

– Voglio solo dire che la mia vita l'ho vissuta, e a volte mi viene da pensare che per prolungarla cosí, con il corpo che risponde ai miei ordini come una tv a un telecomando senza tasti, tanto valeva aspirarsi una pinta in piú di mar Tirreno e fare la fine del mio dirimpettaio cinese. Insomma, ho sempre pensato che fosse meglio avere un 45 giri dei Beatles che l'intera discografia di Michael Bolton.

– E Valeria? È innamorata di te e tu di lei, siete una coppia perfetta, sopravvissuta a tutto, non pensi di essere stato fortunato a non averla lasciata sola? Hai ancora tanto tempo da passare con lei. E noi? Ci lasceresti cosí? E me? Mi paragoni a Michael Bolton, brutto stronzo?

– Certo che no, tu trombi molto meno, – disse, e mi accorsi di avergli strappato un sorriso.

– Nessuno di noi è qua in visita. Siamo qua perché vogliamo continuare la nostra vita con te. Prendila dal lato positivo: senza il tuo tuffo saremmo ognuno nella propria parte di mondo e ci vedremmo quando capita per le feste comandate, ci sentiremmo per telefono, via e-mail, Gazza ci avrebbe detto di aspettare un figlio con un sms simpatico, e ognuno per la sua strada. Oggi siamo di nuovo insieme, come tanti anni fa, ed è tutto come prima.

– Mi mancavi cosí tanto che ho deciso di restare in carrozzella, per vederti un po' di piú.

Sbuffai, accorgendomi della fastidiosa retorica delle mie parole.

– Rubens, se dovessi guarire, e dovessimo tornare ognuno da dove è venuto, ti dispiacerebbe buttarti tu in un metro d'acqua, nel caso ci tornasse la voglia di stare insieme?

– Te lo prometto. E ora andiamo fuori, Jimi Hendrix, che mi è venuta voglia di una sigaretta.

– Anche a me. Non che mi sia mai passata.

– Tu non fumi, non vorrai mica andare a far compagnia ai giovani del Club 27?

Feci per impugnare le manopole della sedia a rotelle, che mi sfuggirono sotto gli occhi non appena Carlo schiacciò i palmi sulle ruote, accelerando il passo verso l'ascensore, senza il mio aiuto.

## 25.

Il caldo del piano terra ci investí non appena fummo nel cortile del Cto. Mi frugai nelle tasche in cerca di una sigaretta, Cecco e Zibi si avvicinarono e mi offrirono ciascuno una delle sue. Le analizzai, non erano truccate come mi sarei aspettato dai piú grandi sostenitori della cannabis di tutto l'ospedale. Scelsi la Chesterfield di Cecco a scapito della Pall Mall di Zibi. Poi si allontanarono, blaterando qualcosa sui salumi nascosti nell'armadietto, che avrebbero troneggiato a cena prima della finale di Berlino.

Offrii un tiro a Carlo, solo uno, un minimo di fermezza la mantenevo. Buttai un occhio all'interno, verso il ping-pong. Cecco soccombeva sotto i colpi ben assestati di Zibi, faceva dondolare la gamba mentre preparava la risposta al servizio dell'avversario, quasi sempre imprendibile. Non si trattava di contrazioni muscolari, quelle di cui soffrivano quasi tutti gli abitanti del Cto e per le quali Carlo mandava giú ogni giorno pasticconi da cavallo. Il chitarrista degli Skanati muoveva le gambe volontariamente, per concentrarsi nella ricezione o trovare la giusta coordinazione per produrre dritti e rovesci. Le dondolava, le spostava, le accavallava. Eppure non lo avevo mai visto in piedi.

– Posso farti una domanda? – mi voltai di nuovo verso Carlo.

– Vuoi chiedermi se puoi offrirmi una sigaretta? No, grazie. Ho smesso quasi due mesi fa. Sai, ora mi sento un altro, finalmente respiro, sento i sapori e i profumi e tutte quelle balle là.

– Che cos'ha Cecco? Come mai si trova qua se può muovere le gambe?

– È messo peggio di tutti noi, – mi rispose buttando lo sguardo oltre il vetro, verso il ping-pong.

– Perché?

– È qua per un incidente in moto. Dire che il bacino gli si è fratturato è un eufemismo. Si è disintegrato, rotto in mille punti, nella maniera piú irregolare che abbiano mai visto qua dentro.

Bruciai l'intera sigaretta con un tiro prima che Carlo continuasse il suo racconto.

– Non esiste una soluzione per sistemargli il bacino come si deve, in modo da poterlo sostenere in piedi. Se oggi provasse a scendere da quella carrozzella e a camminare, al secondo passo si accartoccerebbe come una lattina.

– Nessuno può fare niente?

– Sono mesi che viaggia e incontra medici, scienziati, supereroi, ma non c'è un cazzo da fare. Chi entra qua dentro, ne esce allo stesso modo di quando ha salutato la prima volta.

– Non ricominciamo.

Intravidi l'onda al largo, e pregai che non si infrangesse di nuovo.

– Non è finita. Ognuno ha le sue croci. Noi combattiamo quotidianamente con queste odiose contrazioni che a volte riescono a portarti le gambe fino alla bocca. Vedi queste stronze che ormai non fanno piú parte del tuo corpo muoversi da sole, tremano, si agitano come fossero gambe di un altro e ti svegliano nel cuore della notte, dopo che per prendere sonno hai contato tutte le pecore merinos sulla faccia della Terra. Lui questa fortuna non ce l'ha. Ma il suo incidente gliene ha regalata un'altra. Prova un dolore indescrivibile dalla vita in giú. Il bacino è stato ricomposto nel migliore dei modi, ma mai tanto da evitare le fitte lancinanti, lame che lo perforano da parte a parte. Solo massicce dosi di morfina le calmano. A volte soffre cosí tanto da avere le allucinazioni. L'altra notte parlava con Giulia, ma dentro la stanza, alle quattro passate, non c'era nessuna Giulia, te lo assicuro. Lo sento dal letto vicino al mio che grida e mi sembra che abbiano sgozzato una delle mie pecore merinos. Una soluzione ci sarebbe, – continuò, – ma non è legale. Cecco si sta battendo perché gli venga reciso il midollo osseo, cosí da non avere piú la sensibilità dalla cinta in giú e cancellare per sempre quel dolore insopportabile. Ovviamente non si può, sarebbe una forma di eutanasia.

– Ecco perché, povero Cecco.

– Se ti può consolare, sostiene che tutte le canne che si fuma lo aiutino ad alleviare il dolore, e se ci parli sono sicuro che ti decanterà le mille proprietà e i pregi della morfina.

– E chi era Giulia?

– Già. Dimenticavo. Giulia è la sua ex ragazza. Non l'ho mai conosciuta. Dopo il suo incidente è venuta a trovarlo un paio di volte, appena lui uscí dalle tre settimane di rianimazione. Come avrai capito, qua dentro toccano a tutti, chi piú chi meno. La terza volta arriva e singhiozzando gli dice che dopo quattro anni di relazione teme di non essere piú innamorata, di non potergli stare vicino, dice di aver conosciuto una persona prima del suo incidente, di stare tranquillo che sarebbero rimasti amici, che tiene a lui, che si sarebbero visti comunque, di volergli un bene dell'anima e cose del genere. Scomparsa. Puoi immaginare le conseguenze sul povero Cecco.

– Cristo Santo, com'è possibile?

– Te l'ho detto, Rubens, qua non esistono le belle notizie.

Avevo risolto un enigma, ma forse sarebbe stato meglio rimanesse tale. Non riuscivo proprio a mettermi nei panni del nostro amico chitarrista. Ci provai per qualche secondo, ma i brividi e la nausea mi fecero uscire immediatamente come uno spirito da un corpo inospitale. La mia ex mi aveva lasciato ferite che non riuscivano a cicatrizzarsi, ma non erano che graffietti in confronto al dolore che girava là dentro. Anita se n'era andata di punto in bianco come Giulia, ma almeno potevo soffrire sulle mie gambe, senza che medici, infermieri, camici verdi e bianchi e zoccoli con i buchi gironzolassero intorno alla mia solitudine. La cosa, per un istante, mi consolò.

Carlo interruppe il flusso dei miei pensieri: – Ti dispiace se vado un po' in camera? Ho bisogno della toilette –. Si allontanò guidando le ruote verso l'interno e lasciandomi immobile a fissare da fuori la partita di ping-pong.

Vigeva una legge non scritta: proibite le palle corte. Far rimbalzare la pallina appena al di là della rete sarebbe stata una mossa vigliacca. L'avversario, seduto, si sarebbe potuto allungare come un bruco ma non sarebbe riuscito a rispondere al colpo. Senza trasgredire questa regola, era impossibile sconfiggere Zibi. Aveva fatto del ping-pong la sua attività preferita, seconda solo a quella di rollare e fumare canne. Le sue braccia tozze e muscolose scagliavano dritti e rovesci alla velocità della luce.

Quello sport era considerato, all'interno del Cto, un'importante fonte di esercizio per la riabilitazione fisica e mentale dei pazienti. Nel corso dell'anno si formavano squadre, si organizzavano partite in singolo e in doppio, campionati, classifiche, tornei a eliminazione diretta, con tanto di arbitri, cerimonia di premiazione e foto di rito. La bacheca dietro al ping-pong era tappezzata di foto delle competizioni passate, e in quasi tutte Zibi esibiva medaglie o coppe, che poi sembravano sempre le stesse, riciclate e rimesse in palio ogni volta per nuove sfide. Vinceva sempre lui. In un paio di foto aveva i capelli molto corti, la criniera attuale dimostrava che si trovava dentro quell'ospedale da troppo tempo.

Sapevo poco del suo incidente, come di quelli degli altri compagni di Carlo. Mi avevano raccontato soltanto che era un militare, e si trovava sotto un aereo fermo che stava scaldando i motori prima di partire, quando qualcosa si è staccato dall'ala, schiacciandogli la schiena al suolo. Una casualità. Non proprio un Darwin Award, ma neanche una botta di culo. Una tegola che ti colpisce mentre passeggi fischiettando, una tegola di qualche quintale che ti spezza in due la schiena. Vivo per miracolo, un sopravvissuto. Mi accesi un'altra sigaretta mentre dentro continuava la partita. Forse non stavano contando nemmeno i punti, troppa la differenza tra i due avversari.

E poi me lo chiesi. Per chi era sopravvissuto Zibi? Ognuno là dentro aveva riso in faccia alla morte per uno scopo. Carlo era rimasto per noi, per Valeria, per la sua famiglia, per la processione di persone che lo venivano a trovare quotidianamente. Cecco non aveva mollato perché doveva suonare ancora un bel po' con la sua band, e dimostrare a quella stronza dell'ex fidanzata che sarebbe diventato un apprezzato musicista. E gli altri? Adrian aveva deciso di rimanere per l'unico degli otto fratelli che lo chiamava un paio di volte al mese dal lontano Canada? O forse non si era arreso per il resto della famiglia, quelli che avevano vissuto l'ultimo decennio indifferenti alle sue vicende? Carlo sarebbe uscito da lí in poco tempo, Adrian viveva in quell'ospedale da nove anni e Zibi da vattelappesca quanti. Sapete quanti sono nove anni? Nove anni sono quelli che mediamente trascorrono da quando spuntano i primi dentini a quando ti siedi davanti in macchina, dalla prima parola alla prima pugnetta. Nove anni, lunghi quasi come la durata dell'obbligo scolastico. Nove anni, come quelli di Batistuta alla Fiorentina. Un lungo e monotono scandirsi del tempo in cui un'unica costante, forse, c'era stata. Mi accorsi che mi stava chiamando proprio in quel momento.

# 26.

La peruviana mi apparve riflessa sul vetro del Cto, cosí nitida che riconobbi subito il suo lungo vestito a fiori, appoggiato sul corpo scuro e minuto. Portava sandali di pelle da frate cappuccino.

– Mi scusi, l'ho vista spesso qua, lei è parente di qualcuno dei pazienti? – decifrai dal suo modo di parlare, ai limiti della comprensibilità. Aveva un accento spagnolo versione sudamericana che ricordava i calciatori nelle interviste in tv.

Mi voltai. Il suo viso, incorniciato da capelli neri, grossi e dritti come i denti di un pettine, trasudava bontà. Due mollette, una rosa sbiadito e l'altra verde muschio, le scoprivano gli occhioni a mandorla. Non avrei saputo darle un'età, avrebbe potuto avere dai quaranta ai settantacinque anni, e tutto dipendeva da come muoveva la bocca. Alcune parole, se pronunciate, le distendevano la faccia, altre le scavavano piú rughe di quelle di Iggy Pop.

– Parente?

Mi frugai nelle tasche alla ricerca di un fiammifero per darmi fuoco piuttosto che farmi intrappolare in un pistolotto dei suoi, ma trovai solo bustine di zucchero di canna.

– Piú che un parente. Amico.

– Chi è il suo amico? – si avvicinò ancora di piú, mi spostai per farle spazio sulla panca.

– È Carlo. Lei conosce Carlo?

I suoi occhi si illuminarono di gioia, a quanto pareva

avevo nominato il suo figliuol prodigo preferito. Mi chiesi che cosa le avesse raccontato Carlo in tutti quei giorni per far uscire una tale luce da quelle due mandorle piene di malinconia.

– Prego sempre per lui, – mi fece, cercando di incontrare il mio sguardo. Glielo concessi, benché in quel momento non covassi troppa voglia di chiacchierare con lei. Mi fissava e la cosa mi imbarazzò.

– Come ti chiami?

– Gianfrancesco –. Non mi presentavo col nome di battesimo da secoli, ma decisi di risparmiarmi la storia del soprannome per uscire da quella conversazione il prima possibile.

– Io sono Carla –. Mi rifiutai di pensare che fosse cosí interessata al mio amico per un semplice fatto di omonimia. Le strinsi la mano sorridendo, per nascondere la botta di sociopatia che mi aveva colpito. Ero troppo concentrato sulla discussione avuta con Carlo per dedicarle ulteriori attenzioni, ma lei continuò a studiarmi.

– Sei stanco, vero, Gianfrancesco?

– Sí. Sono un po' stanco, Carla.

Sapevo di non essere in grado di camuffare quello che mostrava la mia faccia. Da giorni dormivo fra sogni incomprensibili, vivevo le giornate con una tensione latente, in attesa che qualcuno si facesse avanti con novità sullo stato di Carlo, senza contare che non avevo piú un lavoro, e che lasciando Milano ero tornato al punto di partenza ma non conoscevo quello di arrivo. Non facevo un cazzo dalla mattina alla sera, e l'ozio, quando arriva senza che lo desideri, ti spossa piú di una giornata di lavoro in un cantiere navale.

D'un tratto mi ritrovai a passeggiare con la peruviana lungo il vialetto che portava dal Cto al parcheggio, e fuori in strada mi accorsi che la stavo accompagnando a casa. Camminando mi sorpresi a confessarle tutto. Le raccontai di Anita, del fotografo che se l'era portata via, nient'altro che un'ombra dietro una finestra, della mia vecchia casa di via Eustachi con la cantina piena di roba, dei miei amici, di come avessimo deciso di fermarci per tornare a stare tutti insieme dopo tanto tempo, di quanto volessi bene a Carlo, di quanto ne volessi a Valeria e di quanto lei amasse lui.

Svoltammo in via delle Panche, dove c'era la cartoleria in cui da piccoli i nostri genitori ci portavano a scegliere il diario e i quaderni all'inizio dell'anno scolastico. Le raccontai di quando là dentro io e Carlo passavamo ore a scarabocchiare con una penna che aveva tantissimi colori, e ogni colore aveva il profumo di un frutto, e giocavamo a indovinare di quale si trattasse a ogni scarabocchio: il viola sapeva piú di Tachipirina che di uva, e quell'enorme penna se n'era andata via con gli anni Ottanta.

Di fianco ritrovai la vetrina del negozio di sport dove, risolti i doverosi acquisti scolastici, compravamo le scarpe da calcio per la nuova stagione, valutandole in base alla flessibilità e al tipo di pelle con cui erano fatte, maneggiandole con simulata esperienza manco giocassimo in serie A, per poi puntare tutto sull'immagine scegliendo quelle di Baggio o di Van Basten. Le raccontai che dopo la scuola il nonno di Carlo, lo stesso che custodiva giornaletti con le donne nude, ci portava agli allenamenti con la sua 127 bianca, e se ne stava attaccato alla rete che delimitava il campo a studiare le gesta del nipote e del suo migliore amico. Due attaccanti, stesso ruolo. Se ero particolarmente in forma toccava a Carlo la panchina, altre volte invece il culo me lo congelavo io. La peruviana ascoltò i miei aneddoti con inaspettata attenzione, si fece solo un rapido segno della croce quando nominai le riviste del nonno di Carlo. La interpretai come una confessione in diretta.

Quando arrivammo sotto al suo palazzo, mi accorsi di avere ancora tantissimo da dire, e mi sorpresi dispiaciuto di dover interrompere quel dialogo che prima avrei voluto a tutti costi evitare. Chissà cosa mi aveva preso. Mi ero svuotato. Prima di salutarmi Carla mi regalò un libriccino di preghiere che non ho mai sfogliato. Lo cacciai nella tasca laterale dei bermuda, la ringraziai e la lasciai.

Sulla via del ritorno verso l'ospedale ripensai alle sue parole, a quanto fosse convinta che quella di rimanere a Firenze fosse stata la scelta giusta, che Carlo aveva bisogno di noi almeno quanto noi di lui, e che potevo stare tranquillo: Anita un giorno sarebbe tornata, perché le persone che ami davvero non si libereranno mai di te.

Cosí mi disse, o almeno è quello che mi sembrò di capire.

## 27.

È piú forte di me. Una specie di malattia. Non sono mai stato capace di stare da solo senza immaginare una colonna sonora come sottofondo a ogni cosa che faccio. Quello che mi figuro di ascoltare non ha necessariamente a che fare con ciò che mi tiene occupato in quel momento. Scrivo un articolo sui mondiali di golf e mi ronza in testa *Venus* di Frankie Avalon, mi preparo la colazione ripassando il testo di *All My Little Words* dei Magnetic Fields, cambio la candela della vespa intonando fra me e me *Tainted Love* dei Soft Cell, faccio la cacca in compagnia dei Coldplay e della loro *Don't Panic*. Cosí, mi sorpresi a canticchiare *Come Back* dei Pearl Jam mentre facevo ritorno al Cto. Affrettai il passo sul ritornello, quando Eddie Vedder dice all'amico scomparso Joey Ramone che aspetta ogni notte di incontrarlo nei suoi sogni. La passeggiata con la peruviana mi aveva portato via un'ora. Gli altri erano di sicuro tornati dal supermercato con tutto il necessario per la serata e, insieme a Carlo che si stava presumibilmente chiedendo dove mi fossi cacciato, mi stavano aspettando. Decisi che avrei tenuto per me quella chiacchierata giustificando la mia assenza con una rapida visita a casa dei miei, nel caso mi avessero chiesto dove minchia fossi finito.

A pochi passi dall'ospedale calpestai il mozzicone dell'ennesima sigaretta della giornata, pensando a quanto Firenze mi facesse venire voglia di fumare e che prima o poi ci avrei dato un taglio. Superai il cancello e imboccai il vialetto contornato da alti cipressi che portava all'interno. La mia città, oltre a moltiplicare i vizi, riusciva a farmi sentire i profumi della campagna anche in pieno centro, e questo mi piaceva: il mio olfatto non ci era piú abituato. Mi fermai a prendere un altro pacchetto di sigarette dalla vespa: lo avevo incastrato sotto la sella per un semplice fatto di automatismo indotto. Con Monica Vitti avevo ritrovato la vecchia abitudine da liceale di nascondere le paglie. La sella si chiuse di scatto e in quel momento lo vidi.

Un brivido mi fece tremare le mani mentre cercavo di mettere in tasca le chiavi. Il sole picchiava fortissimo e lo illuminava come neanche il miglior direttore della fotografia sarebbe stato in grado di fare, eliminando qualsiasi ombra dal suo viso.

Il ragazzino stava uscendo dal cortile accompagnato dalla madre, e lo stava facendo sulle sue gambe, aiutato da un paio di stampelle. Era bianco come la carrozzeria di un'auto nuova di pacca, e nonostante lo sforzo del mettere un piede davanti all'altro vidi per la prima volta sul suo volto un sorriso vero. La madre gli stava di fianco e muoveva le mani a pochi centimetri da lui, resistendo alla tentazione di sorreggerlo. Lottava con l'istinto di aiutarlo, sapendo di non poterlo fare, perché al ragazzino si leggeva in faccia che voleva farcela da solo. Il Cto lo aveva rimesso in piedi.

Avevo voglia di piangere e di ridere insieme. Il groppo in gola, eccolo che stava tornando, minacciava di esplodere come un frutto maturo. Cercai di deglutirlo e rispedirlo giú da dove era arrivato. Il ragazzino aveva gli occhi fissi sui piedi, controllava attentamente ogni movimento. Una cosa fino a qualche mese prima elementare era diventata adesso faticosa: dipendeva da un preciso calcolo di ritmo. Le scarpe si alternavano a tempo con le estremità delle stampelle. Allo stesso modo, anch'io mi sforzavo di rimanere in equilibrio fra la voglia di abbracciarlo e la voglia di piangere. Forse mi stava scendendo una lacrima sulla guancia, ma non la considerai. Ero felice. Finalmente.

Incrociai lo sguardo del ragazzino, che rallentò per guardarmi con soddisfazione e mostrarmi i risultati della sua impresa. Godevo ogni istante di quella scena come se la stessi vivendo al rallentatore. La madre divideva la sua attenzione fra me e i passi del figlio. Era radiosa. Alzai il pollice verso il ragazzino. Lui si fermò. Si appoggiò una stampella sul fianco, e mantenendo l'equilibrio alzò la mano destra e fece lo stesso. Un gesto di vittoria. Toccai il cruscotto di Monica Vitti, per condividere il momento con qualcuno a cui volevo bene. La plastica arancione era incandescente, scaldata dal sole di luglio.

Carlo aveva torto. Le belle notizie esistono anche qua, gli avrei voluto di dire.

Mi precipitai in cortile, con la voglia di non andarmene piú.

## *Play*

Faceva un caldo boia, tipo quello di questi giorni.

Attraversare il campo ci aveva fatto sudare come leoni marini, e tutto senza uno scopo, se non cercare l'avventura in ogni cosa, per colpa di film come *I Goonies* o *Indiana Jones e il tempio maledetto*, che avevamo guardato un milione di volte.

Casa tua era lontana, ormai un puntino, la campagna si apriva sconfinata alle nostre spalle.

Hai affrettato il passo fra l'erba alta e i forasacchi, avvicinandoti al bosco.

Là non ci eravamo mai entrati, qualcuno ci aveva messo una lunga barriera di filo spinato che ce l'aveva sempre impedito.

Ma quel giorno volevi andare nel bosco.

Hai affrontato la recinzione muovendoti lento per evitare di pungerti le gambe nude e in poco tempo ti sei ritrovato dall'altra parte, incolume.

Mi hai detto: – Prova anche tu, Rubens! – Ma io non me la sentivo, il ferro arrugginito mi faceva troppa paura.

Per aggirarlo, avrei dovuto attraversare il campo per chilometri, in salita, fino al convento in cima alla collina, che appariva ancora piú piccolo di casa tua.

Però tornare a casa significava farsi a piedi da solo il

campo di sera, e l'idea mi faceva cacare sotto. Cosí mi sono deciso a scavalcare il filo spinato.

Porto ancora la cicatrice di quei sette punti sulla coscia.

Vai a pigliartelo in culo te e tutti i Goonies.

## 28.

L'ultima volta che l'Italia aveva vinto i mondiali era stata in Spagna nel 1982. Io avevo due anni e non ricordo niente di quella sera. So solo che ero rimasto tutto il tempo a giocare con un pallone di spugna in salotto mentre una banda di vecchi amici di famiglia mi gridava di spostarmi dal televisore e di andarmene a letto. Me lo hanno raccontato una volta i miei. Tutto sommato, una storia non particolarmente interessante. Non una serata cosí speciale per il piccolo Rubens, mai come quella che stavo vivendo ventiquattro anni dopo, quando gli astri, il dio del calcio, il fato e soprattutto il culo decisero di ripetere la straordinaria vittoria che dalle nostre parti mancava da piú di due decenni.

Quello che è successo a Berlino la notte del 9 luglio del 2006 lo sanno tutti. Persino chi con il calcio non aveva mai avuto niente a che fare fino a quel momento. Anche la mia professoressa di religione del liceo, per esempio, o quella di matematica. Me le vedevo nelle loro case che puzzavano di chiuso e piene di riccioli di polvere gioire davanti a uno spettacolo inedito: bei ragazzoni con la maglia azzurra che da undici metri di distanza calciano palloni in porta, rendendo per una notte l'Italia il paese piú rispettato del mondo.

Mi immaginavo Annunziato che, grazie alla mia audace mossa di mollare un lavoro sicuro, se ne stava in quello stadio a pochi metri dal capitano degli azzurri che alzava la coppa del mondo proprio davanti a quella sua faccia da cazzo.

La nostra tribuna non era all'Olympia Stadion di Berlino, ma al meno uno del Cto del San Riccardo di Firenze. Lattine di birra erano accartocciate in un grosso sacco nero abbandonato in un angolo buio della stanza, e al centro si sprecavano gli abbracci di una decina di persone, chi in carrozzella, chi in piedi, chi seduto sulle sedie da scuola media, chi col sedere sulle mattonelle bianche in finto marmo. Cecco e Zibi interrompevano di tanto in tanto le esultanze per collezionare canne che avrebbero fumato non appena fossimo usciti in cortile. La commozione ci travolse fino a quando un paio di infermieri non ci invitarono a tornarcene a casa ricordandoci che non eravamo in Germania ma in un posto in cui si trovavano persone interessate a ben altre vittorie rispetto a quella della nazionale. Susanna prese in mano la situazione davanti ai colleghi accendendo le luci al neon, che ci accecarono dopo ore di buio illuminato dal proiettore, e con l'aiuto di Valeria raccolse lo schifo che avevamo lasciato. Noi, ubriachi, ci infilammo in ascensore.

Un'ora dopo eravamo tutti sul terrazzo di Pico, i suoi se ne erano andati per il weekend, e decidemmo di trascorrere il resto della serata nel punto piú bello della città. Stavolta non erano stati necessari rapimenti. Carlo aveva lasciato semplicemente una firma che gli consentiva di trascorrere qualche ora fuori dall'ospedale. Il permesso scadeva a mezzanotte e mezzo, ma c'era il tacito accordo che quella sera si potesse prolungare la licenza anche di un paio d'ore. In fondo, c'era sempre Susanna a fare da garante. Zibi, Cecco e Adrian fecero lo stesso e videro cosí per la prima volta il terrazzo di Pico, il luogo in cui avevamo passato la maggior parte delle nostre serate quando ancora non ci era spuntata la barba.

Alle persone che non la conoscono, e che per di piú non sono di Firenze, quella loggia all'ultimo piano toglie il fiato, la prima volta che ci mettono piede. I nostri tre ospiti non aprirono bocca per il resto della serata, fissando dall'alto le meraviglie della città. La cupola del Duomo, cosí vicina, la Torre di Giotto che ci superava di pochi metri, Palazzo Vecchio che si intravedeva alle sue spalle, piazzale Michelangelo, al cui centro si ergeva il David illuminato, sul quale i tifosi piú esaltati si arrampicavano per sventolare al cielo il tricolore. E ancora, le colline di San Miniato al Monte da un lato e quelle di Fiesole dall'altro, con quel colore di bosco che si poteva distinguere anche di notte, interrotto dalle luci delle ville che le facevano sembrare giganteschi alberi di Natale; il Giardino Dei Semplici, verso il quale il quasi trentenne padrone di casa lanciò un paio di uova a titolo dimostrativo mentre raccontava agli ospiti la storia del suo terrazzo e delle attività ludiche che vi si svolgevano in passato; la sinagoga con la sua cupola verde acqua che sembrava fluorescente sotto il cielo scuro. I nostri nuovi amici erano imbambolati davanti a tanta bellezza. Niente mi dà piú soddisfazione dell'osservare le reazioni di chi ammira le meraviglie della mia città, è come se le avessi costruite io con le mie mani. E nessuno può dire di aver visto Firenze finché non la guarda da casa dei genitori di Pico. Dovrebbero farci le gite scolastiche là sopra.

La sindrome di Stendhal prese anche Susanna, il vero motivo per cui Pico ci aveva invitati tutti lí. Portarla là sopra significava metterla definitivamente ko: da quel momento in poi, l'avrebbe fatta sua per sempre. I due se ne stavano seduti sul muricciolo con le gambe intrecciate, e si scambiavano tenere effusioni e sorrisetti infantili, limonando duro come due teenager schiacciati fra gli zaini Invicta. Pensai che non ero mai riuscito a portare Anita su quel terrazzo. Com'era possibile? Con tutte le volte che era venuta a Firenze, non era mai capitata l'occasione. L'avessi fatta salire in quel momento, la mia città me l'avrebbe scaraventata fra le braccia e avremmo occupato l'angolo opposto per baciarci fino all'alba. Avrebbe scattato talmente tante foto da lassú che le sarebbe passata la voglia di fare il suo lavoro.

Gazza se ne stava appoggiato sul muricciolo che lo separava dal vuoto e dal suolo dell'orto botanico trenta metri piú sotto, e cantava *Dirty Old Town*, sporgendosi e dondolandosi pericolosamente, agitando il pugno in aria. Non ci era chiaro da chi volesse farsi notare là fuori. Imitava la voce grave e tormentata di Shane McGowan dei Pogues, urlando il testo della piú bella canzone irlandese mai scritta. Lo urlava a Firenze, all'oscurità, alle stelle, o almeno a quelle visibili fra le luci della città, e a un centinaio di abitanti del quartiere che avrebbero preferito ascoltarla di pomeriggio, magari dalla radio, da uno stereo, e non certo nel cuore della notte da un tizio ubriaco che assomiglia a Paul Gascoigne. Ma l'Italia aveva vinto i mondiali, quindi valeva tutto. Si poteva bere e cantare fino a tardi, starsene impalati a guardare oltre il nono piano di un palazzo del centro senza dire una parola, pomiciare con foga come se fosse l'ultimo giorno dell'umanità, bere birra economica come fosse acqua, ridere senza motivi plausibili fino a diventare afoni, riportare gli amici al Cto in vergognoso ritardo. Si poteva pensare che nella marea di gente che popolava Firenze quella notte, da qualche parte, ci fosse qualcuno che si desiderava incontrare, e si potevano ricevere messaggi che non si aspettavano piú.

Fu quando rientrai a casa, dopo aver rischiato la vita

un paio di volte affrontando le ripide scale fino al secondo piano per colpa delle lattine di Bavaria ingurgitate, che sentii trillare il cellulare. Un messaggio. Pensai fosse il mio coinquilino che mi consigliava di chiudere la porta della camera per non sentire i rumori che avrebbe prodotto con la sua nuova fiamma. Invece no. Erano le tre del mattino passate. Illuminai il display e lessi il suo nome.

«Sono a Firenze, *Hotel Savoy* in piazza della Repubblica. Voglio vederti. Vieni qua domani sera alle otto. Anita».

*Anita*

29.

Mi piacerebbe raccontare di un incontro d'effetto, per esempio che la prima volta che la vidi fu su un transatlantico che urtò un iceberg in mezzo all'oceano e che ci innamorammo dopo che le avevo salvato la vita. O inventare altri grandiosi scenari per rendere piú interessante il motivo per cui adesso la sognavo ogni notte.

No. Voglio dire la verità.

Ci siamo visti per la prima volta alla Fnac di via Torino a Milano in un pomeriggio di primavera di circa tre anni fa. Come ogni volta che mi sentivo depresso – circostanza naturale per chi vive a Milano, non c'è niente di cui preoccuparsi – avevo deciso di trascorrere ore e ore ad ascoltare dischi nuovi e a rovistare nell'ampio catalogo dei dvd e fra gli scaffali dei libri. Dedicavo di solito un'ora a categoria. La prima era per la musica, al pianterreno, poi salivo per buttarmi tra i film, superavo il secondo piano dedicato all'elettronica perché non me ne poteva fregar di meno di vedere da vicino i nuovi lettori mp3 e gli schermi ultrapiatti, e seguivo la scala mobile fino al terzo piano, quello dedicato ai libri, poi ripetevo il percorso al contrario. A volte lasciavo in cassa l'intero stipendio mensile del giornale, altre me ne andavo a mani vuote, soddisfatto per essermi documentato su tutte le nuove uscite.

Quella volta me ne stavo nel reparto musica *alternative* di fronte a una colonnina dedicata all'ascolto del nuovo album degli Shins, le cuffie sparate a tutto volume per isolarmi dal resto del negozio. Scrutavo la copertina e i nomi delle tracce, convinto a mettere quel cd nel mazzo di acquisti. Avevo da poco ricevuto la busta paga e mi sentivo legittimato a spendere un po' di piú. Tenevo sotto braccio un paio di libri di Lansdale e un film di Verdone, *Al lupo al lupo*: gli altri li avevo già tutti.

Staccai gli occhi dalla cover colorata del disco che stavo ascoltando e la vidi di fianco a me. La sua era la colonnina dei The Rapture, band elettronica e post-punk di New York che faceva molto figo conoscere, e io sono sempre stato piuttosto sensibile ai gusti musicali altrui. Indossava jeans normalissimi, stretti al punto da evidenziare un culo piú rotondo di qualsiasi disco in vendita alla Fnac, un paio di All Star bianche leggermente sporche, una maglietta, anche quella bianca ma pulita, con l'immagine di Jem e le Holograms, un giubbino nero di pelle. Aveva occhi verdi e trasparenti, come quei minuscoli vetri levigati dal mare che si trovano a riva, il naso all'insú e la bocca carnosa, asimmetrica. Il labbro inferiore era appena piú gonfio e prominente. La carnagione chiarissima contrastava con i capelli neri e ondulati che superavano i piccoli seni posandosi sugli strumenti delle Holograms. Provai a vedere che cosa stesse comprando. Fra le mani teneva una piccola torre di acquisti. Riuscii a riconoscere tra i film *Y Tu Mamà También* in offerta speciale a quattro euro e novanta, e pensai che lo volevo anch'io, *Le avventure acquatiche di Steve Zissou*, uno dei miei film preferiti, riesce a commuovermi ogni volta che nel finale trovano lo squalo giaguaro sulle note di *Staràlfur* dei Sigur Ròs, e *La donna che visse due volte* di Hitchcock. Pensai che da qualche parte ci sarebbe dovuta essere la fregatura, nella borsa di pelle che aveva a tracolla doveva nascondere l'iscrizione al corso di ballo latino americano, e invece continuando a spiare la sua spesa riuscii a intravedere *Musica per camaleonti* di Truman Capote, e qualche disco in offerta speciale, *Electro-Shock Blues* degli Eels, *Phsycocandy* dei Jesus and Mary Chain, e il *White Album* dei Beatles. Occazzo, la donna della mia vita, pensai, mentre gli Shins mi cantavano nelle orecchie *Turn A Square*. Insomma, quante probabilità ci sono di incontrare, in un pomeriggio qualunque e apparentemente inutile come quello, una donna che sia al contempo stupenda e interessata alle cose belle? Sono episodi rari come i passaggi delle comete visibili a occhio nudo. Anita era passata dal reparto musica di un negozio del centro e io mi sentivo fortunato. Una che compra il *White Album* può farti innamorare all'istante.

Sí, ma se lo compra significa che fino a quel momento non ce l'aveva. Quindi non può essere la donna della tua vita, Rubens: sveglia! Troppo tardi ormai per rendermene conto, ero già sprofondato fino ai fianchi in un brodo di giuggiole come nelle sabbie mobili, travolto dalla scossa del piú classico dei colpi di fulmine. La sua bellezza aveva reso trascurabile il resto, anche i Beatles, argomento su cui di solito non scherzo un cazzo. Posai le cuffie e andai verso di lei con l'intenzione di attaccare bottone. Con tutta quella musica e tutti quei titoli intorno avrei senz'altro saputo tenere una conversazione dignitosa. Mi sentii di colpo sicuro e irresistibilmente figo.

– Il bianco è il colore che va per la maggiore per le copertine dei dischi.

– Non ci credo che è la frase che hai scelto per abbordarmi.

– Mi è venuta cosí, che cos'ha di sbagliato?

– Niente, potevi fare di piú. Tempo ne hai avuto, in fondo: sono quasi venti minuti che mi fissi come un maniaco. A questo punto potevi tirar fuori qualcosa di ancora piú insensato, tipo che cinquantuno per ventuno fa millesettantuno, tanto per dire qualcosa.

– Sono piú forte con i dischi che con la matematica, – provai a difendermi, mentre mi chiedevo chi potesse aver progettato degli occhi belli come quelli. Non sembrava affatto infastidita dalla mia presenza, cosí provai ad andare avanti: – Ero sovrappensiero. Quando ascolto un disco mi capita spesso di incantarmi guardando un punto a caso e, coincidenza, sei capitata tu, ma non vederci malizia. È un problema che sto cercando di risolvere, col tempo guarirò.

Mi stavo già sulle palle, il peggior approccio nella storia degli approcci in un negozio.

– Quindi vuoi che ti guarisca io?

Vai Rubens, è il momento.

– Forse uscire di qua e offrirti una birra potrebbe migliorare le cose, cosí potrei guardarti un po' senza sentire l'obbligo di nascondermi.

Borderline: a metà fra quello simpaticamente insicuro e il suo esatto opposto con gli occhiali specchiati, la camicia con il collo a tre bottoni semiaperta e il tavolo in discoteca con le bottiglie, la frutta fresca e i petardi. Un fallimento assicurato, pensai. Avrei voluto riavvolgere il tempo di qualche minuto per cambiare approccio o addirittura rinunciare del tutto. Invece il giovane Rubens, contro ogni previsione, si ritrovò poco dopo con lei e un paio di birre in un vecchio bar sui Navigli che pompava musica jazz manco fossimo a New Orleans.

Parlammo per ore, dimenticandoci di cenare. Stavamo cosí bene da ignorare la fame. Non la sete, perché quell'aperitivo durò fino alla chiusura del locale, quando la musica si spense, e i gestori, pulendo il pavimento e mettendo le sedie sui tavoli, ci sorpresero brilli a raccontarci ogni dettaglio delle nostre vite, di quelle che avevamo vissuto, di quelle che avremmo voluto. Era una serata limpida, anche se Milano, si sa, è avara con il clima. Lo interpretai come un segnale, avrei dovuto sfruttare tanta generosità. Il Naviglio scorreva sotto di noi. Aveva l'odore che ha il mare nel porto, ma quell'odore io lo associo all'estate e ai suoi bei ricordi, quindi mi piace. Per lo stesso motivo non mi dispiace la puzza dei cessi chimici: mi ricorda lo stadio, i festival e i concerti piú fichi.

Ogni venti metri Anita mi trascinava in qualche piccolo locale della zona, attratta dalla musica, ma ne uscivamo dopo aver ballato cinque minuti scarsi. Non sono certo John Travolta, ma quando la situazione lo richiede mi scateno come fossi pagato per ballare. Anita avrebbe potuto farmi fare qualsiasi cosa, sarei stato capace di percorrere tutti i Navigli nuotando a delfino, per seguire le sue voglie. Proverei a descrivervi la sensualità che emanava nel muoversi fra pezzi rock'n'roll e anni Ottanta, se non fossi sicuro che sarebbe una battaglia persa. Certe cose non possono essere raccontate. Fidatevi di me quando vi dico che dopo poche ore era già riuscita a farmi perdere la testa. Sotto casa sua la baciai, lei mi strinse forte, dicendomi che mi avrebbe chiamato il giorno dopo. Resistetti alla tentazione di arrampicarmi fino alla finestra di camera sua. La sera dopo ci entrai, passando piú semplicemente dalle scale, e facemmo l'amore fino a cadere nel sonno piú dolce che si possa immaginare.

30.

Le finestre del *Savoy* erano molto piú grandi di quelle del vecchio appartamento milanese di Anita. Le fissavo, immobile al centro di piazza della Repubblica, respirando profondamente per ostentare la tranquillità dei veri uomini, e mi tornò in mente Pico che si affacciava proprio da là sopra. La chiamava «la scommessa». Cambiava spesso la forma della missione, ma non il concetto. Nelle giornate piú noiose se ne usciva proponendo sfide con se stesso che nessuno gli aveva richiesto, tipo: «Scommettiamo che entro dentro quella macchina ferma al semaforo dallo sportello posteriore ed esco dall'altro lato?», oppure: «Quanto mi date se mi infilo in quella scuola e faccio l'appello in classe fingendomi un supplente prima che arrivino i professori veri?» Nessuno si offriva di mettere sul banco un centesimo, dal momento che tutti sapevano di essere davanti a un professionista del mestiere, sempre che tale possa essere chiamata una deviazione mentale come la sua.

Una sera ci trovavamo in piazza della Repubblica, i soliti quattro piú altre facce conosciute, a chiacchierare sulle panchine di pietra. Pico aveva lanciato la sfida: «Scommettiamo che tra pochi minuti mi affaccio al finestrone centrale del *Savoy*? Quello con la balconata è sicuramente di una suite».

– Visto che ci sei perché non ti butti da lassú? Cosí ravviviamo sul serio la serata, ché mi sto proprio rompendo le palle, – aveva risposto qualcuno.

– Però questa sfida è difficile, bisogna concedertelo. Mi rovino: ti offro da bere per tutta la sera, se ci riesci. E dato che consumi come una Porsche, direi che sto rischiando i miei risparmi, – aveva azzardato Carlo.

– Inizia a rompere il salvadanaio, fra poco mi vedrai fare ciao ciao dalla suite.

Pico avanzò verso l'enorme ingresso a vetri del lussuoso albergo, parlottò qualche minuto con l'elegante portiere impalato lí davanti come una siepe, entrò, e dopo pochi istanti se ne stava sul balcone piú alto del *Savoy*, affacciato da una suite da chissà quante centinaia di euro a notte, salutando gli amici in visibilio come fosse la regina d'Inghilterra.

Un amico come Pico è insostituibile. Trova sempre il modo di trattenerti quando il tuo desiderio non è altro che quello di augurare la buonanotte a tutti e tornare a casa. È sempre troppo presto per andare a letto quando sei con lui. Mi avrebbe fatto comodo in quel momento con i suoi inutili consigli. Ma avevo nascosto al gruppo l'appuntamento con Anita. Volevo tenerlo per me per non creare aspettative.

Buttai un occhio al cellulare per controllare l'ora. Non erano ancora le otto e non volevo dare alla mia ex la soddisfazione di presentarmi in anticipo. La tensione dell'incontro sarebbe stata già abbastanza alta. Avevo un paio di jeans troppo stretti dopo un'estate trascorsa in bermuda, una camicia scura che sembrava stirata da una persona bendata, e un paio di Vans scolorite da finto povero. Avrei dovuto trovare presto un lavoro per dare una valida alternativa al mio look, ma per il momento indossavo il meglio che potessi pescare dall'armadio. Accesi una sigaretta, che finii di fumare quasi nel momento in cui misi in tasca i fiammiferi. Provai a immaginare Anita libera dalle sembianze che le avevo dato in sogno negli ultimi mesi, ma non ci riuscii, e con passo fermo mi avvicinai all'ingresso.

Il portiere era vestito come quello della scommessa di Pico, ma non ero sicuro fosse lo stesso. Lo superai e vidi la mia immagine svanire sulla vetrata che scorreva davanti a me. Una coppia di giapponesi e una di americani analizzavano una cartina con l'aiuto del receptionist, che parlava inglese aspirando le «c». Tirai dritto verso l'ampia hall, illuminata da lampadari barocchi ed enormi specchi alle pareti. Il pavimento in marmo era costellato di tavolini circondati da poltrone in pelle che sembravano comode come i sedili della prima classe degli aerei. Su una di quelle stava seduta Anita. Era di spalle, sfogliava una rivista troppo rapidamente per dare l'idea di leggere, guardava solo le figure, in attesa del mio arrivo. La riconobbi senza bisogno di guardarla in faccia. Nonostante non ricordassi i tratti del suo viso, l'avrei saputa distinguere anche se si fosse nascosta nel costume di Homer Simpson. Mi avvicinai. Continuò a curiosare fra le pagine, senza accorgersi della mia presenza.

– Cinquantuno per ventuno fa millesettantuno.

La rivista cadde sul tavolino.

– Ciao Rubens.

Anita si alzò in piedi e mi si piazzò davanti.

Mi accorsi che adesso ricordavo il suo viso in tutti i luoghi e in tutte le stagioni in cui l'avevo vissuto. Ripercorsi i sogni fatti fino ad allora ma con i lineamenti reali, le fossette che, quando sorrideva, le gonfiavano le guance come due albicocche, e la punta del naso colorata dal sole di luglio, piccola come il becco di un pettirosso. Ci guardammo negli occhi come non capitava da troppo tempo, e ci abbracciammo forte, per un istante lungo quanti i mesi in cui ne avevo sentito la mancanza.

– Come stai? – mi chiese lei rimanendo avvinghiata.

– Fammi un'altra domanda, Anita.

Nessuno dei due voleva saperne di mollare la presa.

– Mamma mia come sei dimagrito.

– Non è una domanda.

Ci staccammo tornando a incrociare gli sguardi.

– Mi dispiace. So tutto di Carlo. Stamattina sono passata a trovarlo –. Sperai di aver capito male. Il pezzo di merda non mi aveva detto niente.

– Non lo sapevo, – mi limitai a dire.

– Ho chiesto a Valeria dove fosse ricoverato, e sono passata a salutarli. Sapevo che di mattina presto non ti avrei incontrato perché ero sicura che ieri sera avreste fatto tardi per via della partita. Ti conosco troppo bene. Sono stata io a pregarlo di non dirti niente della mia visita, tanto sapeva che ci saremmo incontrati –. E io che mi ero anche inventato un alibi di ferro.

– Cosa ci fai qui, Anita? – chiesi senza distogliere i miei occhi dal verde dei suoi, che con tutti quei lampadari e quel marmo lucido era diventato piú chiaro del solito.

– Lavoro. Sto scattando un servizio per una rivista di moda e riparto domani pomeriggio.

– Capisco –. Non aggiunsi altro, decisi di inghiottire la mia curiosità sul suo impegno a Firenze, anche perché ultimamente sentir parlare di foto e fotografi mi faceva girare i coglioni.

– Be', dove mi porti, Rubens?

– Vieni con me.

La presi per mano e uscimmo dal *Savoy* salutando il tizio a forma di siepe, come una coppia di stranieri in vacanza nella città piú romantica del mondo. La mia.

## 31.

Il sole si era nascosto dietro ai palazzi e alle case del centro. Cercammo per un po' di schivare quello che veramente avevamo in testa abbozzando una conversazione finta come il wrestling. Non era un'impresa facile, e io non riuscii a non togliere subito la maschera con la domanda che avrei avuto voglia di farle prima ancora di salutarla: – Ti sei fidanzata, Anita?

Rallentò fino a frenare, lasciandomi fare due passi da solo. Mi voltai aspettando una risposta. – Cosa vuoi che ti dica, Rubens? Lo sai. Lo so che lo sai.

Feci sí con la testa.

– E tu? – aggiunse.

– Diciamo che ho riscoperto un affetto speciale per la mia vespa fiorentina –. Indicai Monica Vitti, parcheggiata nella piazza di Parte Guelfa, con due caschi legati alla sella, al sicuro, di fronte al nostro pub di fiducia.

Misi in moto, aspettai che Anita salisse dietro di me e decisi che non le avrei piú chiesto del fotografo, perché quella era la nostra serata e l'aspettavo da troppo tempo, e il prurito, se continui a grattarlo, poi non va piú via.

Percorrendo le strette vie del centro storico, la vespa vibrava e saltellava sopra il pavé. Mi piaceva, sarei rimasto in sella a Monica Vitti anche tutta l'estate, e non solo perché le mattonelle irregolari mi permettevano a ogni movimento di avvertire le tette sode di Anita premere contro la mia schiena. Non erano l'unica cosa a cui stavo pensando, chiaro, ma mi riportavano indietro al tempo in cui eravamo insieme, felici, senza fotografi in mezzo alle palle. Negli anni erano capitate tante ospiti su Monica Vitti. Una volta ci era salita una con i seni flosci e rosa come due calzettoni del Palermo, e quando non metteva il reggiseno me li trovavo sotto al culo mentre scalavo le marce.

Sentivo l'abbraccio di Anita che mi cingeva forte. Il suo profumo naturale, sebbene controvento, mi arrivava con leggeri soffi ogni volta che rallentavo. Sbirciando le sue mani intrecciate all'altezza della mia pancia, notavo per la prima volta il rosso acceso del suo smalto, e un paio di braccialetti, uno di pelle, l'altro in argento, che collegai alla sua nuova relazione milanese. È incredibile pensare a quante paranoie riescano a mangiarti la testa quando vieni abbandonato di punto in bianco. Ogni novità era il segno della fine della nostra storia, la porta che chiudeva per sempre il passato e isolava il presente e il futuro. Ma forse, piú semplicemente, quei braccialetti li aveva comprati per fatti suoi in uno dei mercatini dell'usato che tanto amava esplorare, o li aveva vinti a una pesca di beneficenza. Avrei prolungato il tragitto all'infinito per mantenere quel contatto, ma la destinazione la conoscevo, e oltre a essere molto vicina, forse se l'aspettava anche lei: i «triangoli».

Nella mia personale classifica dei migliori punti panoramici di Firenze in cui riuscire a stare anche in silenzio, in religiosa contemplazione, dando per scontato che il gradino piú alto è occupato dal maestoso terrazzo di Pico, metto al secondo posto i triangoli di Ponte Santa Trinita. Si trovano davanti a Ponte Vecchio, che in quanto a notorietà e ispirazione di souvenir dà una pista a tutti i suoi colleghi, non ci piove. Ma se ti trovi sul Ponte Vecchio, le meraviglie che ti si parano davanti comprendono tutto, ma non il Ponte Vecchio, perché ce l'hai esattamente sotto il culo. Ecco perché il dirimpettaio è di gran lunga il mio preferito.

I due pilastri in cemento su cui è poggiato il Santa Trinita emergono enormi dalle acque scure dell'Arno. Sorreggendo la carreggiata fuoriescono dai lati del ponte e formano quattro triangoli calpestabili, ai quali è possibile accedere scavalcando il muretto come per buttarsi di sotto. Per me i triangoli sono come una spiaggia. In ogni momento della giornata c'è sempre qualcuno che se ne sta seduto là sopra, chi a leggere, chi ad ascoltare musica da un iPod, chi a pensare, chi a meditare, chi a fare yoga, chi a studiare, chi a guardare in basso con l'intenzione di tuffarsi nell'acqua fangosa, chi a farsi cullare dal rumore costante e regolare del fiume che scorre, chi a suonare una chitarra in compagnia e intonare: «Le bionde trecce gli occhi azzurri e poi», chi a prendere il sole, chi a baciarsi per ore incorniciando il viso della persona che ama nella cartolina piú bella della città. Avevo fatto tutte queste cose e molto di piú in ventisette anni, e portarci Anita non sarebbe stata affatto una novità. Mi ero giocato la carta dei triangoli il primo giorno in cui, anni fa, eravamo venuti insieme a Firenze. Aveva funzionato.

La vespa si fermò su Ponte Santa Trinita. La poggiai sul muretto e scavalcai. In piedi sul triangolo presi la mano di Anita, le guardai ancora una volta il nuovo smalto, e la aiutai a balzare dalla mia parte. Ci sedemmo e per un po' restammo in silenzio, mentre Firenze cambiava colore davanti a noi tingendosi piano piano dell'argento del crepuscolo.

Poco dopo mi sorpresi a raccontare ogni singolo particolare di tutti i giorni trascorsi in sua assenza, l'incidente di Carlo, il lavoro e la casa di Milano che non c'erano piú, la decisione momentanea di rimanere là, gli amici ritrovati, i ragazzi del Cto, il cinese che ci aveva lasciato le penne e il ragazzino che se n'era andato sulle proprie gambe, le lacrime versate come mai era successo nella mia vita, quando non te l'aspetti, quando sono la continuazione dei sorrisi.

Mi ascoltava. Una delle migliori doti di Anita. Mi ascoltava, semplicemente, riuscendo a farmi sentire meglio, al sicuro.

I riflessi argentei cominciarono a svanire dalle pareti delle case, e dal fiume si alzò un piacevole venticello che asciugò la pelle umida per il caldo e per l'agitazione del momento. Anche lei era emozionata, me ne accorgevo dal movimento delle sue mani, non fluido come ricordavo. Si guardava intorno con scatti nervosi della testa, anche se la città si apriva e srotolava davanti a noi come in un grandangolo. Dopo aver posato lo sguardo ovunque, sentii finalmente i suoi occhi verdi addosso. Continuai i miei racconti come se nulla fosse, finché non ci trovammo cosí vicini che avvertii, distinto dalla brezza dell'Arno, il suo respiro caldo. Mi interruppi, e cominciai a respirare anch'io, fino a quando, d'improvviso, anche respirare smise di essere cosí importante.

## 32.

Non l'avrei mai fatto, anche se si trattava della cosa che piú desideravo e di cui piú avevo bisogno da mesi. Mi trovavo nel posto giusto, avevo davanti a me la protagonista dei miei sogni, avevo colmato una mancanza che era ormai diventata un incubo. Nonostante tutto, non mi sarei mai azzardato, e non sarebbe mai successo se lei non avesse deciso di fare la prima mossa. Anni prima, sotto la sua casa di Milano, sfiorati dalla puzza di Naviglio, il primo ad agire ero stato io. Pari.

Ero ancora lí che me la chiacchieravo sul triangolo di Ponte Santa Trinita quando lei mi baciò di scatto, spostando il suo corpo sopra di me. Freddato dal suo gesto inatteso, la assecondai inizialmente timido, ma dopo un istante la strinsi forte, la baciai nel modo che l'aveva fatta innamorare e in un attimo mi ritrovai a esplorare la pelle nascosta dalla sua canottiera, riconoscendola al tatto, liscia al punto da permettere alle mie mani di scorrere con facilità. Dall'esterno probabilmente i nostri movimenti sembravano lenti e sfumati, ma dentro di noi si scatenava un rock'n'roll di battiti, brividi e respiri. Era come ascoltare *When She Believes* cantata da Ben Harper e farsi cullare dalla melodia carezzevole e voluttuosa, mentre all'interno dello stereo il cd gira velocissimo per produrre quel suono cosí dolce.

Quando riaprii gli occhi si era già fatta sera, e i lampioni illuminavano il fiume. Le lucine delle colline si erano riaccese a presepe estivo come tutte le notti precedenti, e mi ritrovai a guardarle con Anita come se gli ultimi mesi non fossero mai esistiti.

Che cosa stavamo facendo? Il manuale del vero uomo dice che non avrei dovuto piegarmi ai desideri di una ex che torna dopo tanto tempo, dopo avermi lasciato senza troppe spiegazioni per un fotografo che avrei volentieri affogato nell'acqua torbida venti metri sotto di noi. E invece, quando lei mi disse: – Andiamo, – in Arno ci buttai il mio orgoglio, e senza pensarci troppo scavalcai il muretto, tirai una zampata alla pedalina della vespa, lasciai salire Anita e mi diressi verso la sua elegante suite. Avevo bisogno di lei in quel momento, tutto il resto non aveva importanza.

Monica Vitti decise di fare il viaggio di ritorno in prima, per permettere ai passeggeri di respirare l'aria estiva fresca e appagante che soffiava dalle colline. Firenze era viva come una stazione nell'ora di punta, persone che camminavano sui marciapiede, ragazzi e ragazze che entravano e uscivano dai bar, coppie sedute a cavalcioni sui muriccioli dei Lungarni, turisti e concittadini assiepati sui sagrati delle chiese del centro, ovunque sembrava regnare il buonumore, o forse era soltanto il mio sguardo ebbro a deformare la realtà. Stavo bene, finalmente. La pace dell'anima, finalmente.

L'uomo siepe se ne stava ancora lí, a smistare il traffico sulla porta scorrevole dell'hotel. Ci scambiammo uno sguardo complice sulla soglia. Lui, che ne aveva viste a migliaia di coppie entrare là dentro, sembrò stupito che la bella cliente fosse già finita tra le mie grinfie. Per un attimo sentii il mio ego gonfiarsi come una mongolfiera, dovetti concentrarmi per ancorarlo, e affrettare il passo per far sí che non volasse altrove.

In un'ipotetica classifica delle cose per cui vale la pena vivere, in zona Champions League metterei senz'altro fare l'amore con la tua ex fidanzata. C'è chi parla di minestra riscaldata, Pico lo chiama «check-in on line»: è come arrivare preparato e conoscere già il gate. Vuoi mettere avere familiarità con ogni centimetro quadrato della sua pelle, sapere come muoverti, non avere alcun tipo di ansia da prestazione, ritrovare qualcosa che un tempo era una routine e viverla come se fosse una novità, accorgerti di quanto tutte le sensazioni che provi siano le stesse che sta provando lei?

Stanza 318. Provai a trovarci un significato, senza successo. Un numero come un altro. Non mi diceva nulla. Probabilmente avrebbe significato qualcosa dopo quella notte. Feci appena in tempo a notare la specchiera antica sulla parete, le tende chiare che filtravano i riflessi di piazza della Repubblica, e quelle piú spesse, gialle, tempestate di decorazioni blu, raccolte da due corde intrecciate che ricordavano le recinzioni delle feste vip. A lato del letto semidisfatto giacevano una mezza minerale lasciata a metà, un pacchetto di Camel Light, un libro aperto e capovolto, e una rivista di moda stropicciata, di quelle che consultava lei e che costavano a copia come il paio di scarpe da ginnastica che indossavo. A pochi passi dalla porta socchiusa del bagno si intravedevano la valigia aperta sulla moquette e due asciugamani da doccia usati che languivano di fianco.

Poi vidi solo lei, la sua pelle nuda e bianca, tutta, senza farmene sfuggire nemmeno un angolo, cercando di fare mia ogni singola piega del suo corpo. Quello che spesso mi era sfuggito in sogno era finalmente tornato. Avrei potuto ritrarre Anita su una tela senza bisogno di fissare il soggetto, chiudere gli occhi e sapere dove sfiorarla, perché sapevo esattamente come era fatta.

Era già notte fonda quando prendemmo sonno incrociando le nostre gambe sotto le lenzuola.

## 33.

Svegliandomi, impiegai qualche secondo prima di rendermi conto di dove mi trovassi e soprattutto con chi. Anita dormiva, sentivo il suo respiro lento affondare nel cuscino. Mi staccai dal suo corpo, gli arti mi formicolavano dopo che li avevo attorcigliati a lei per tutta la notte. Mi alzai in silenzio. Anita non si mosse. Gli occhi erano chiusi e dal respiro regolare sembrava essere nel sonno piú profondo. Chissà se anche a lei succedeva di sognarmi con l'aspetto della pasticciera o della cassiera del supermercato. Qualsiasi cosa stesse vedendo dietro gli occhi chiusi, avrei scommesso che la facesse sentire serena, dato il sorriso che accennava. Le ultime ore avevano fatto stare meglio tutti e due. Rimasi a fissarla in silenzio per un tempo che mi sembrò infinito.

Cercai i miei indumenti sparsi sul pavimento e mi vestii senza fare rumore. Camminavo sulle punte un po' perché non avevo intenzione di svegliarla, un po' perché gli alberghi preferiscono la moquette colorata per nascondere meglio lo sporco, e mi faceva schifo pensare a quanti erano passati dalla 318. Una volta indossati i jeans e la camicia, sgualcita come un foglio di Domopack usato, con le scarpe in mano guardai la mia ex ragazza nuda nel letto. Le lenzuola lasciavano scoperti i seni e un breve tratto della linea del sedere. Poteva essere l'ultima volta che la vedevo: strizzai con forza le palpebre per imprimere quell'immagine nella mia mente come una Polaroid, cosí da trovarmi preparato se l'avessi di nuovo incontrata in sogno, dandole le giuste sembianze.

Ti voglio bene Anita, pensai, o forse lo sussurrai cosí piano da non riuscire a sentirlo neanch'io. Me ne vado perché non avrei mai pensato di cambiare in cosí poco tempo, perché adesso mi sento proprio bene, perché non sopporto le moquette barocche e sporche degli alberghi, perché finalmente sento che c'è qualcuno che mi sta aspettando, perché l'ultima cosa che voglio è vederti andare via di nuovo, perché voglio essere presente quando c'è bisogno di me, perché ho troppe cose da fare qui e a volte per risolvere tutto ci si mette una vita, e non c'è tempo. Senza neanche lavarmi la faccia abbassai la maniglia della porta, lasciando che si chiudesse dietro di me. Una volta fuori, fissai la targhetta dorata con su inciso il numero 318, e mi accorsi che ancora non sentivo la sua mancanza. In fondo era già qualcosa. Era già una vittoria.

Infilai le scarpe, scesi le scale, salutai il receptionist, che mi rispose con estrema gentilezza, camuffando l'aria interrogativa di chi si chiede chi cazzo sei, oltrepassai la porta scorrevole e superai l'uomo siepe del nuovo turno. Dopo pochi passi mi voltai per cercare in alto la finestra della stanza di Anita. Provai a distinguere il suo viso, mentre la immaginavo spiarmi nascosta dietro le tende della camera d'albergo. Il sole dell'alba aveva fatto capolino accarezzando ancora impacciato le pareti dell'hotel, e il riflesso sul vetro mi impediva di vedere oltre. Sfoggiai il sorriso piú rilassato del mio repertorio all'indirizzo della sua finestra, abbozzai un saluto quasi impercettibile con la mano, la ficcai in tasca e proseguii verso la vespa. Prima di salire in sella e andarmene via, ripescai il mio orgoglio dal fondo dell'Arno, lo asciugai e me ne riappropriai, trovandolo mangiucchiato dai pesci e levigato dalla corrente.

Non sentivo la mancanza di Anita, soltanto il profumo della sua pelle, che presto sarebbe volato via, destinato a essere dimenticato.

## 34.

Datemi pure del banale, del prevedibile, del ripetitivo, del noioso sentimentalista: l'alba è il momento della giornata che preferisco. Inutile aggiungere che mi piace ancora di piú dopo aver fatto l'amore tutta la notte. È il momento in cui ogni cosa sembra veramente dormire in città. I negozi del centro chiusi hanno spento le luci delle vetrine, e i lampioni, che fino a poco prima hanno schiarito le vie, terminano il loro compito.

I manifesti sulle pareti del centro annunciavano silenziosi gli spettacoli teatrali, gli eventi, i concerti che avrebbero animato le prossime serate. Quella mattina, uno ricordava che il 18 luglio Franco Battiato avrebbe suonato nella splendida cornice del Giardino di Boboli. Decisi che avrei fatto di tutto per trovare i biglietti per me e l'intera banda del Cto, sicuro che il maestro avrebbe potuto portare consiglio e ispirazione a Cecco e alla sua carriera da musicista, spingendola oltre il monotono mondo dello ska. Avevo proprio voglia di un concerto, da tanto non ne vedevo uno. Sí, avrei preso i biglietti. Ma con che soldi?

Il caldo afoso e l'estate mi fornivano la scusa della vacanza, ma presto non avrebbe piú retto. Ormai il gruzzolo messo da parte iniziava ad assottigliarsi, da quasi due mesi non avevo un lavoro, e Pico, sebbene fosse un fratello, meritava qualcosa di piú di una mano nelle faccende di casa, i sacchi della spesa portati al secondo piano senza ascensore e qualche birra offerta di cuore, in cambio della sua ospitalità. Forse avrei potuto reinventarmi giornalista musicale, recensire un po' di musica live su qualche giornalino fiorentino, o mandare il mio curriculum in giro per le riviste italiane specializzate in materia, aspettando di essere ricontattato per scrivere due righe sul concerto di una band indie in provincia di Arezzo davanti a qualche decina di persone. In fondo avevo sempre ascoltato tutti i dischi piú interessanti appena usciti, avevo visto centinaia di live, gli anni trascorsi a Milano avevano arricchito la mia curiosità e cultura musicale. Insomma, due articoli messi in croce, pagati giusto i soldi spesi per la miscela consumata, li avrei saputi buttar giú. E la musica mi avrebbe senz'altro divertito piú dello sport, che sarebbe comunque rimasto un'opzione plausibile. Perché non proporsi a qualche testata delle mie parti, seguire eventi sportivi in giro per la Toscana, scrivere di partite di squadre di calcio locali per tornare a guadagnare qualche euro? Forse avrei potuto occuparmi di piú cose, da freelance: i concerti durante la settimana, lo sport nel weekend, in questo modo avrei assicurato l'affitto mensile a Pico, e mi sarebbe avanzato qualcosa per mantenere sempre in tiro la mia Monica Vitti.

Gazza, che al ristorante di Helsinki avevano smesso di aspettare, se ne stava tornando in Finlandia a trovare un nuovo impiego che lo aiutasse per qualche mese a sbarcare il lunario, per mantenere Eve e la famiglia che presto si sarebbe ampliata. Il mio affittuario aveva perso il lavoro svedese, e forse controvoglia avrebbe dato una mano nella scuola di informatica dei suoi genitori, prima di capire che cosa volesse davvero fare da grande. Carlo e Valeria avrebbero invece pensato piú in là al loro futuro professionale, presi com'erano, sul momento, da problemi ben piú grandi.

Firenze sonnecchiava, come una signora anziana che fa tesoro delle poche ore di riposo che ormai la natura le regala, e a poco a poco si svegliava al mio passaggio, sprigionando dai forni il profumo del pane caldo e delle brioche. La pace era interrotta dal suono dei camion della nettezza urbana, dai passi irregolari di qualche vecchio ubriaco, dalle serrande delle edicole che iniziavano ad alzarsi per dare le notizie appena stampate ai rari clienti in ciabatte e pigiama con il cane al guinzaglio pronto a segnare il territorio del centro storico. Le bancarelle di Santo Spirito iniziavano ad allestire la merce, i venditori conservavano la voce per gridare non appena avessero visto i primi i clienti, e al mercato di San Lorenzo gli ambulanti, con le facce affaticate di chi era già sveglio da ore, scaricavano casse di pesce fresco, verdura, frutta, carne.

La statua del granduca Ferdinando I, dall'alto del suo cavallo di bronzo, mi osservò attraversare piazza Santissima Annunziata, l'unica che grazie alla sua ampiezza sembrava deserta a qualsiasi ora del giorno, sempre composta e taciturna come un bravo studente durante una lezione di Storia. Qualche autobus aveva già iniziato il suo turno, e sbuffava girando intorno a piazza San Marco, perfettamente intonato al colore della mia Monica Vitti, che fra i pochi mezzi in circolazione sembrava la piú sveglia e vitale. Le bandiere italiane, sventolate orgogliosamente fino a ventiquattr'ore prima, penzolavano dai balconi e dalle finestre delle case, agognando un alito di vento per darsi una ringalluzzita. Mi lasciai alle spalle anche piazza Indipendenza, dove alcuni filippini comunicavano a gesti da una panchina all'altra, e ingranata la quarta mi buttai sui viali che abbracciano la Fortezza da Basso, da cui si intravedevano i cigni galleggiare pigri nel laghetto artificiale.

Fuggii dal centro storico prima che si popolasse per non

sentirmi costretto a dividerlo con altre persone, prima che Firenze aprisse definitivamente gli occhi sorprendendomi a gironzolare solo come un pazzo, e il sole trasformasse il cielo incerto in una mattina come tutte le altre.

Ecco perché mi piace l'alba, perché è il momento in cui piú sento che questa città è anche mia.

# 35.

Non avevo voglia di dormire. Sentivo ancora addosso l'odore di Anita, mi teneva sveglio. Sapevo che, se fossi andato a letto, il giorno dopo non sarei riuscito piú a ricordarlo.

Gettai un occhio all'orologio del telefonino: ero perfettamente in tempo per incontrare il primo a cui raccontare il mio «check-in online». Guarda caso, l'avrei trovato proprio all'aeroporto. Chiesi un ultimo sforzo a Monica Vitti e mi feci portare a Peretola, a pochi minuti dal centro della città.

Lo vidi davanti al banco della Finnair mentre spediva i bagagli sbadigliando. Ricordavo l'orario del suo volo, un giorno prima lo avevamo salutato senza troppe smancerie rispettando il codice non scritto che regolava i rapporti fra noi.

– Gazza! – gridai a gran voce da lontano, come in una storia d'amore.

Non sembrava troppo sorpreso di vedermi, ma fece comunque un gesto che interpretai come un «e te che cazzo ci fai qui?»

Mi avvicinai.

– E te che cazzo ci fai qui a quest'ora, Rubens? – Appunto.

– Ho passato la notte con Anita.

– Lo sapevo, non l'avevi nascosto tanto bene. E poi si vede dalla faccia smunta che ti ritrovi. E com'è andata?

– Come volevo che andasse. Credo.

– Bene. Quindi sei venuto a mandarmi dei baci da lontano mentre decolla l'aereo?

– Se tu non fossi ormai un padre di famiglia ci farei un pensierino, stamattina sono gonfio d'amore.

– Fammi capire, sono mesi che te la sogni di notte con delle trame inquietanti che fanno cacare addosso dalla paura, e ora che ce l'hai la lasci lí dov'è e vieni all'aeroporto da me?

– Avevo voglia di vedere i miei amici, e tu sei l'unico sveglio –. Era la cosa piú romantica che avessi mai detto a Gazza, che rispettò il codice non scritto della nostra amicizia e non fece una piega.

– Non è mai bello svegliarsi e trovare un lato del letto vuoto. Dovevi rimanere e farle aprire gli occhi portandole la colazione. Caffè americano: è una brodaglia, ma alle donne piace perché le fa sentire nell'East Village di New York.

– Sono sempre in tempo, volendo, ma credo sia meglio lasciare tutto cosí com'è –. Mi stupii ancora di quanto fossi deciso.

– Prendiamocelo noi un caffè, che c'ho un sonno tanto grande che riesco a vederlo –. Si cacciò in tasca la carta d'imbarco e si diresse verso il bar, che aveva appena aperto.

Il profumo che proveniva dalla tazza si mischiò agli ultimi aliti di quello di Anita. Pensai che presto se ne sarebbe andato del tutto.

Buttai giú l'espresso, che anziché a New York mi fece sentire al bar dell'aeroporto di Firenze, esattamente dove mi trovavo.

– Voglio che mi prometti una cosa, – feci.

– Spara.

– Che le cose non cambieranno piú.

– Sei sicuro di non voler andare a dormire, Rubens?

– Siamo tutti stanchi.

– Appunto –. Si spostò dal banco del bar facendomi cenno di accompagnarlo per un pezzo.

– Promettimi che sistemerai le tue cose e tornerai, e ci troveremo tutti qua. Come prima.

– È solo un viaggio. Due ore di volo. Tempo di prendere una pedata nel culo dal ristorante e trovarne un altro per qualche mese, ché se aspetto ancora un po' non mi rimangono neanche i soldi per comprare il ciuccio e il bavaglino.

– Credo di avere lo stesso problema, senza la faccenda del ciuccio e compagnia bella.

– Fammela tu una promessa. Ho lasciato il motorino a Pico, cosí non devo immaginarmelo seduto dietro alla tua vespa come una bella sgnacchera americana uscita da un film sulla dolce vita. Controlla che non mi rubi i pezzi, quel ladruncolo di merda.

– Farò del mio meglio –. Non avrei potuto dare la mia parola.

– Adesso fammi andare, ho una famiglia che mi aspetta in Finlandia.

– Ricordati che l'altra è qua, siamo noi… – Era la seconda frase romantica detta a Gazza in tutta la mia vita, sdrammatizzata da un'espressione divertita che la fece sembrare una battuta, anche se lo pensavo davvero. – Abbraccia Eve da parte mia. Ci vediamo.

– Il prima possibile.

Ci scambiammo un gesto ibrido, a metà fra una pacca sulla spalla e un abbraccio, perché la prima sarebbe stata troppo fredda, nessuno era contento all'idea di non vedersi per un po', il secondo sarebbe stato troppo.

– Stai tranquillo, Rubens, tornerà tutto come prima.

Con il suo passo pesante da hooligan si allontanò. Lo seguii con lo sguardo, finché non fu inghiottito dalla coda che si allungava di fronte al controllo passeggeri.

Varcai l'ennesima porta scorrevole della giornata, e il sole del mattino mi costrinse a stropicciarmi gli occhi e a starnutire prima di mettere a fuoco il mondo esterno. Erano le 7.21 dell'11 luglio 2006 e, nonostante sentissi già la mancanza di Gazza, cominciavo a stare meglio.

A casa, Pico russava come una vecchia lavatrice in funzione dalla sua camera socchiusa, o forse stava cercando di inventare un nuovo genere musicale. Entrai nella mia stanza, facendomi spazio fra gli scatoloni sparsi sul pavimento e ancora semipieni di libri, dischi e vestiti. Sembrava il retro di un negozio, una specie di magazzino. L'indomani avrei messo un po' in ordine, perdio. Tolsi i pantaloni e mi buttai a letto con la camicia che sapeva ancora di Anita. Fissai per qualche secondo il soffitto e mi addormentai di colpo, concedendomi solo il tempo di chiedermi che cosa avrei sognato quella notte e tutte le altre a venire.

*Quasi la Russia*

## 36.

Helsinki è un posto di merda. Tutto sommato, non è neanche colpa dei finlandesi.

È una città nuova di pacca, ricostruita per intero dopo essere stata rasa al suolo dai russi durante la Seconda guerra mondiale. Edifici senz'anima che sembrano appena scartati e assemblati come i mobili che si comprano il sabato pomeriggio fuori città, strade larghe e piane sulle quali gli abitanti camminano frettolosi e a testa bassa, con la speranza di non incrociare lo sguardo di qualcuno a cui dovesse venire la malsana idea di abbozzare un buongiorno o, peggio che mai, di attaccare una breve chiacchierata. I finlandesi si darebbero fuoco piuttosto che rivolgerti la parola per piú di un gelido saluto.

Cosí quella mattina, dentro la Fiat Ulysse del '98 che aveva noleggiato Gazza, mi sentivo felice di lasciare quella città: dopo poche ore era riuscita a mettermi una tale malinconia che ascoltare il pezzo piú depresso di Anthony and the Johnsons mi avrebbe fatto venire la ridarola.

La monovolume era spaziosa, una otto posti che ci permetteva di stare tutti quanti belli larghi sui suoi sedili consumati, i piedi che rischiavano di annodarsi ai tappetini sfilacciati come i pavimenti dei treni regionali. Gazza guidava. Accanto a lui c'era Carlo, dietro di loro Pico mi russava di fianco, e sulla sua spalla dormiva Susanna. Gli ultimi posti prima del bagagliaio erano occupati da Valeria, che dormiva sdraiata con la guancia appoggiata sulle nostre sciarpe.

La strada davanti a noi era dritta e deserta. Fuori dai finestrini appannati, il Nord, con il suo classico paesaggio di marzo. La neve era bianca e fresca, nonostante l'arrivo prossimo della primavera, e fitti boschi di betulle spruzzati da panna montata lasciavano spazio di tanto in tanto a estesi laghi ghiacciati, sulla cui superficie uno spesso strato bianco rifletteva il sole, restituendogli la luce come un enorme specchio. Gazza li chiamava «laghi neve», cercando di istruirci con neologismi di sua invenzione. Avevamo da poco fatto una sosta in una tavola calda frequentata da boscaioli con le guance viola tempestate da capillari rotti a causa del gelo. Appena ci avevano visti varcare la soglia avevano bofonchiato suoni incomprensibili dietro i baffi color fieno. Si erano mostrati gentili e accoglienti, tanto che dietro quelle setole brizzolate mi era sembrato di scorgere persino qualche ospitale sorriso.

«Stiamo andando a Lappeenranta, a battezzare mia figlia che ci aspetta là con la mia ragazza e tutto il parentado», aveva detto Gazza, in italiano, e i boscaioli non avevano capito un cazzo. Mi ero mangiato un intruglio fatto con carne di maiale, salsa al pepe bollente come lava, e purè, che straripava dalla scodella incandescente. Erano solo le nove del mattino. La colpa di una colazione tanto equilibrata era di Pico, che scorrendo il menu era rimasto affascinato dalla voce «pippuripossu». Io l'avevo seguito come un demente. Durante l'ultimo tratto di strada avevo provato a chiudere gli occhi come la metà dei passeggeri per sconfiggere i conati di vomito che minacciavano di infradiciarmi il piumino e rovinare quella mattinata importante. Ci ero riuscito solo per pochi minuti, tenuto sveglio dalle voci degli altri e dalla luce che filtrava sottile e pungente attraverso gli alberi.

Eravamo partiti tutti insieme il pomeriggio prima da Firenze, destinazione Helsinki, per poi proseguire il viaggio il mattino successivo alla volta di Lappeenranta, una cittadina al confine con la Russia che aveva dato i natali alla fidanzata di Gazza. Lí avrebbero battezzato la piccola Iris, nata tre mesi prima in un freddo dicembre. Nel giorno di Stanto Stefano ci eravamo precipitati col primo volo nella capitale finlandese per farle ciao dal vetro. Rimasto solo davanti alla piccola, cullata dai primi sogni della sua vita, avevo asciugato una lacrimuccia di felicità con la manica del maglione.

Questa volta invece il viaggio era stato progettato settimane prima. Io avevo preso un weekend lungo di libertà dai miei impegni giornalistici. Lavoravo ormai saltuariamente per tre piccole testate, che messe insieme erano grandi come un ripostiglio del vecchio «24/7», ma mi sentivo libero, soddisfatto di quello che avevo rimediato in poco tempo. «Poi si vedrà», mi dicevo sempre. Come avevo ottimisticamente previsto l'estate prima, mi occupavo ancora di sport, sí, ma soprattutto di musica. Recensivo album e concerti. Soltanto due giorni prima di partire avevo visto un live degli Yeah Yeah Yeahs all'*Auditorium Flog*, e gli avevo appioppato ben quattro stelle su cinque. Ero anche riuscito a strappare una breve intervista alla cantante del gruppo a fine concerto, e tornando a casa a tarda notte avevo raccontato a Pico che la tipa mi aveva guardato con una faccia «piuttosto interessata». Non mi aveva creduto neanche un po'.

Il mio coinquilino finalmente riceveva il mio affitto in contanti ogni mese, dava una mano a scuola dai suoi e, poco prima di salire su quella Fiat Ulysse, aveva firmato un importante contratto con una ditta tedesca di import-export, che fra le varie succursali europee ne vantava una anche a Firenze.

Dai sedili anteriori arrivavano solo brevi stralci della conversazione, coperta dal rumore del motore e delle gomme da neve che battevano l'asfalto ghiacciato della provincia finlandese. Mi sembrava si parlasse di futuro, dei ristoranti con cui Gazza era rimasto in parola in vista del suo imminente ritorno a Firenze e del primo vero lavoro di Carlo dopo l'incidente, un impiego nella segreteria del comune che sarebbe iniziato nel giro di una ventina di giorni e che gli avrebbe dimostrato ancora di piú quanto ce l'avesse fatta. Nei dieci mesi trascorsi dal tuffo, il nostro amico aveva continuato a fare passi da gigante. Era uscito dal Cto ed era tornato a casa dai suoi. Nel frattempo aveva collezionato piú cicatrici di Rambo per via delle numerose operazioni che gli avevano permesso un graduale miglioramento delle funzioni motorie – spostando muscoli e inserendo piccole protesi e componenti, come se il progresso della medicina prendesse spunto da vecchi cartoni animati giapponesi che raccontavano di robot e circuiti di mille valvole. Anche le maledette contrazioni si erano attenuate. Ora le mani riuscivano ad allargare e restringere il pugno a comando. «Dammi ancora un po' di tempo e con l'impugnatura che mi ritrovo potrò farti il culo a braccio di ferro», mi aveva detto una volta.

Io mi ero fidato.

## 37.

La chiesa era a sette chilometri dal piccolo centro di Lappeenranta. Si ergeva solitaria su una collinetta raggiungibile grazie a un sentiero bianco in cui la neve era battuta, mentre ai lati si alzavano pareti soffici di circa un metro e mezzo.

La sosta fra i boschi aveva ritardato il nostro arrivo, non c'era piú tempo per lasciare i bagagli in albergo e metterci il vestito buono. Carlo, Valeria e Susanna rimasero in macchina. Io e gli altri due, per questioni di spazio, decidemmo di affrontare la rigida temperatura e cambiarci all'aria aperta. Se non avete mai provato a restare in mutande nell'inverno scandinavo, vi consiglio di rimandare l'esperienza. Gli otto gradi sotto zero sembravano staccarci le orecchie dalla testa e morderci i polpacci con i loro denti affilati. Noi ridevamo, senza motivo, solo per non tremare e per scacciare via i brividi dal corpo. È una reazione fisiologica. Quando fa tanto freddo, si ride piú facilmente: non chiedetemi il perché, ma è cosí.

Pico indossava un gessato che costava piú dell'Ulysse, una camicia che creava un disinvolto tono su tono, e un Ascot fuori moda senz'altro rubato al papà. Io avevo un abito grigio scuro, comprato poche settimane prima grazie a una decina di articoli pubblicati, camicia bianca e cravattino sottile da chitarrista degli Strokes. Nell'abito da festa, con quella faccia e il taglio di capelli da tifoso inglese che si ritrovava, Gazza faceva l'effetto di un kebab servito su un piatto d'argento con il servizio buono.

Ci specchiammo nei finestrini appannati della monovolume per gli ultimi ritocchi, smuovendo il nodo sul collo solo per darci un tono davanti alle nostre immagini riflesse. Ci piacevamo, tre bei figurini, e non era da meno neanche il trio che stava scendendo dall'auto. La piccola Iris meritava di avere zii di classe.

Imboccammo il vialetto in fretta spingendo la sedia di Carlo. Sulla neve battuta le ruote producevano un suono di panno sfregato su un vetro, e scorrevano con facilità quasi avessero le gomme chiodate.

In chiesa salutammo in italiano i parenti di Gazza e a gesti quelli di Eve, facemmo smorfie alla bambina, che reagí felice come avesse assistito alla performance piú divertente della sua giovane vita, e la cerimonia cominciò.

Secondo il rito protestante evangelista, è possibile avere due padrini (o madrine) per genitore. Il padre della bimba aveva deciso di tirare a sorte, e i vincitori eravamo risultati Pico e io, che ci piazzammo davanti all'altare ad assistere la figlioccia durante il battesimo.

Il reverendo donna aveva la faccia gonfia come una zucca, le guance penzoloni di un cane da caccia e i capelli bianchi, corti, pettinati da maschio, che la facevano assomigliare a Benny Hill. Quando attaccò a cantare in finlandese senza il minimo preavviso, io e Pico fummo costretti ad autoinfliggerci violenti pizzicotti per sommergere la voglia di ridere, sforzandoci di non guardare gli amici seduti nelle prime file ed esplodere cosí nella figura di merda piú grossa che la storia della chiesa protestante evangelista scandinava avesse mai conosciuto.

Le ultime note esalate da Benny Hill dichiararono la fine della cerimonia, e la mattinata proseguí con il rinfresco a base di pane integrale, aringhe e salmone affumicato, il migliore che avessi mai mangiato in tutta la vita. Poi tornammo fuori al gelo e ci mettemmo in macchina per raggiungere l'albergo che Gazza ci aveva riservato, uno dei piú lussuosi di Lappeenranta, pagando di tasca propria le stanze. Ognuna faceva sfoggio di *pay-per-view*, schermi Lcd, riscaldamento a palla, ampio balcone invaso dalla neve, idromassaggio e sauna, elemento piuttosto comune nei bagni finlandesi, come per noi italiani il bidet. La provammo subito: Pico, Valeria e io ci fiondammo dentro per approfittare dell'occasione di benessere. Per me era la prima volta, e dopo cinque minuti, cosparso di viscide goccioline balsamiche, decisi che ne avevo abbastanza e mi ficcai sotto la doccia per lavare via tutto e sentire la pelle levigata come quella di una foca. Mi seguí Valeria dopo un solo colpo di vapore sprigionato dalla brace. Pico invece, ostentando padronanza, rispettò la tradizione finlandese con estrema fedeltà: uscito dalla cabina umida e ribollente un quarto d'ora dopo di noi, si precipitò fuori tutto nudo per gettarsi di pancia sulla neve a braccia aperte come una stella marina che ha sbagliato habitat. Conserviamo ancora gelosamente la foto scattata alla sagoma del corpo, con la fossetta al centro lasciata dal pistolino.

## 38.

Il lago Saimaa era un «lago neve», si estendeva deserto e candido davanti a noi, e divideva la Finlandia dalla Russia. Sarebbe bastato un cammino di pochi chilometri sulla sua superficie solida per approdare su una riva straniera e sentir parlare un'altra lingua. Era circondato da boschi di betulle e segherie, la principale risorsa economica di Lappeenranta.

Ce ne stavamo appollaiati davanti al porto a osservare la gente che passeggiava su quel minuscolo mare di gelo sotto un sole inaspettato. C'era anche chi praticava sci di fondo sullo specchio bianco, approfittando di percorsi appositamente battuti come piste di montagna. Le barche giacevano sul ghiaccio del porto come signore sole che aspettano di essere abbordate e, a pochi metri, noi battevamo la fiacca con la stessa verve. L'aria fresca degli alberi, mischiata alla puzza delle fabbriche, ci permetteva di riprendere possesso delle nostre funzioni primarie dopo una notte passata al *Gigglin' Marlin*, l'unica discoteca di Lappeenranta, un postaccio in cui si ballava musica fuori moda tipo *Maria* di Ricky Martin o *Rhythm Is a Dancer* degli Snap!, che i giovani del luogo cantavano a squarciagola come cori da stadio, mentre il dj abbassava il volume sui celebri ritornelli per lasciare spazio al boato della pista. Avevo anche provato a cercare una fidanzata fra quelle orribili capigliature cotonate da rocker anni Ottanta, ma ne uscii totalmente sconfitto e decisi di dedicarmi alla birra finlandese, scolando bottiglie di Karjala come fosse cedrata, per brindare al mio primo giorno da padrino.

Ecco il risultato di quella notte in terra straniera: l'ennesimo *hangover* da smaltire in compagnia dei miei migliori amici, e un dolore sparso sulla fascia addominale, per le risate che il *Gigglin' Marlin* ci aveva fatto fare fino all'alba.

Mentre fissavamo il Saimaa, mi frullavano in testa tanti di quei pensieri, che l'unico che mi sentii esternare fu una domanda: – Gazza, tu che sei di queste parti, cosa fanno i pesci là sotto durante l'inverno, coperti dal ghiaccio e dalla neve?

– E chi sei, il Giovane Holden? – commentò Carlo.

Me lo stavo chiedendo davvero. Fissando il «lago neve» immaginai come si sarebbe sentita la fauna alla fine dell'inverno, vedendo la neve sciogliersi piano piano sulla superficie e rivelare l'esterno, finché l'acqua non avesse filtrato finalmente il resto del mondo.

– Non lo so. Forse sono stati progettati per vivere al buio. Come tutti gli abitanti di questo posto, del resto. In fondo, se ci fosse la luce, qua nessuno potrebbe mai costruire un locale come quello che avete visto ieri sera, e sarebbe difficile pettinarsi in certi modi se non nella tenebra.

I capelli da primi album dei Bon Jovi avevano impressionato anche Gazza.

Pico accese una sigaretta e si inserí nella stanca conversazione: – Si sente che è quasi la Russia.

– Da cosa? – chiesi.

– Boh. C'è un'aria molto russa.

Pico non era mai stato in Russia.

Mi venne da ridere e contagiai anche lui che, aspirando la Marlboro, iniziò a tossire. Eve ci imitò, dimostrando di capire anche le espressioni italiane prive di senso.

Da qualche parte nel porticciolo qualcuno aveva acceso una griglia e stava arrostendo dei würstel. Il profumo invase l'aria.

Pico continuò: – Quanto bisognerà camminare sul lago per arrivare dall'altra parte?

Susanna lo guardò chiedendosi se veramente si fosse innamorata di quella mitragliatrice di inutili domande, prima di rispondersi di sí. Sembravano ormai fatti l'uno per l'altra, tanto che nella casa di borgo San Niccolò abitavamo ormai in tre.

– Non ne vale la pena. Ci si mette una vita. Cosa credi che ci sia dall'altra parte? C'è solo la Russia, poco di piú, – rispose Gazza con esperienza nordica.

– Se volete mi alzo dalla sedia e mi incammino, e quando arrivo vi chiamo, cosí mi dite quanto è passato, – propose Carlo.

– È una bella idea, ma non ho voglia di aspettarti per pranzo, – tagliò corto Valeria.

Quel posto, nella sua desolazione, mi piaceva. Se Helsinki metteva tristezza, nonostante fosse colorata e tirata a nuovo, Lappeenranta sembrava creata apposta per far sentire solo chiunque passasse da là. E quella malinconia, vissuta al fianco dei miei amici piú cari, mi faceva invece sentire in pace, fortunato. Come se, seduto sul ciglio del lago piatto, che nascondeva tanta vita sotto la sua spessa coltre di neve fresca, vedessi tutto dall'esterno. Insomma, Rubens, sei felice o no? Sí, mi risposi.

Pensai che se non fosse stato per quella tragica mattina di maggio, per un tuffo sulla sabbia dura come il ghiaccio di un «lago neve», saremmo ancora in viaggio, ognuno verso la riva che si era proposto come traguardo.

Ci si mette una vita ad arrivare dall'altra parte e non sempre ne vale la pena, perché può succedere che ti accorgi che hai solo voglia di tornare indietro per scegliere un altro approdo. Senza quel dannato incidente, avremmo continuato a crescere come da programma, a Milano, a Stoccolma, a Helsinki, ma ci saremmo sentiti semplicemente piú soli. Invece la solitudine, almeno quella, l'avevamo sconfitta. Grazie a Iris, che era arrivata da poco, e già prometteva di ricevere da quel gruppo di vecchi amici tutto l'amore del mondo. Lo si capiva dalla sua espressione mentre ci fissava, lo sguardo saggio di chi fa finta di studiarti pur conoscendoti da sempre. Grazie a Susanna, che si era affezionata a noi dal giorno in cui Carlo era entrato in ospedale e intorno a lui le nostre vite avevano cominciato a roteare stanche, e ci aveva sorpresi addormentati nella sala d'aspetto.

Pensai ai ragazzi conosciuti al Cto. Cecco era tornato a casa e ogni tanto mi mandava nuovi mp3 di canzoni assurde registrate col suo gruppo ska. Anche se la medicina era lontana anni luce dal rimetterlo in piedi, si diceva felice e fiducioso. Gli avevo dato la mia parola che un giorno avrei scritto anche di un suo concerto, nel frattempo avevo cercato di buttar lí invano qualche suggerimento per convincerlo ad ampliare gli orizzonti musicali degli Skanati. Continuava ad apprezzare il mio attaccamento al suo progetto e a rifiutare fermamente ogni mio consiglio. Non aveva mai avuto intenzione di scendere a compromessi con il mercato musicale, figuriamoci con me, Gianfrancesco Rubeni, detto Rubens, la penna di un paio di giornalini locali a tiratura di nicchia, per non dire che non li leggeva nessuno. Tanto valeva, quindi, mantenere la mia promessa e dedicare presto una paginetta al «nuovo ska che arriva da Latina».

Zibi e Adrian se ne stavano ancora nella stanza in cui li avevamo lasciati, ma presto li avrebbero trasferiti in una casa di cura per anziani prima di capire dove farli alloggiare in futuro. Mi faceva sorridere pensarli a truccare joypad per playstation e rollare canne in mezzo a vecchietti intenti a fare tre passi ancorati ai carrelli. Una volta a settimana andavamo a trovarli, portando contenitori salvafreschezza con dentro ogni ben di Dio, e Zibi, dopo cena, tirava fuori da sotto il cuscino i suoi prodotti esotici da fumare, come ai vecchi tempi. Chissà se si erano mai resi conto di quanto anche noi ci fossimo curati, e fossimo guariti dalle nostre paturnie postadolescenziali, trascorrendo l'estate fra le mura di quell'ospedale.

Carlo, Zibi, Adrian e Cecco, che la loro vita l'avevano rischiata, avevano involontariamente cambiato le nostre, forse per sempre, facendole tornare al punto di partenza.

Eravamo di nuovo tutti insieme, e niente sembrava poter andare storto. E allora via tutte le ambizioni di lavorare per chissà quale giornale in una grande città, basta col sognare le ex fidanzate ogni notte – Anita no, non l'avevo piú sognata né sentita – addio all'intenzione di conquistare la Scandinavia. Come si può credere di passare il resto dei propri giorni imprigionati sotto il ghiaccio del Nord come i pesci del lago Saimaa? È giusto tornare a casa, prima o poi.

Il vento cominciò ad alzarsi e a soffiare deciso per spazzare frettolosamente il lungo inverno baltico.

– Inizio ad avere fame, – disse Carlo, sgommando verso il vialetto battuto da cui eravamo arrivati.

Prima di seguirlo, agganciammo i nostri piumini fino al collo, rannicchiandoci dentro i vestiti. Le bocche screpolate sbuffavano vapore sotto forma di nuvole dense e bianche, mentre l'aria si contaminava di profumi di grigliate e vino caldo. Con calma lasciammo il «lago neve» mostrando le spalle alla Russia che ci guardava da laggiú.

Che poi, è cosí importante sapere cosa c'è dall'altra parte?

*Ringraziamenti.*

Senza i miei amici di sempre Matteo Fantechi, Federico Rodriguez e Andrea Gasperi, non avrei mai potuto dare vita a questa storia.

Per tutto il resto grazie a:

Marco Garavaglia per aver creduto in me da subito (una domenica pomeriggio di maggio), Marco Missiroli per avermi detto di scrivere, Francesca Dallaporta per aver ascoltato le mie paturnie.

Mio fratello Francesco, i miei genitori, Camilla, la Mari e tutti gli aggettivi che desidera, Gianluca Bersezio perché è il «m.m.a.», Fabio Franceschini, Fede Ferrari, Peppe Romano e le sue foto «ruvide», il più grande «bobdylanologo» Guido Guenci e la Cristina, Carolina e Pier, Lele Longoni, Daniele Tundo, la Saretta, Ale Cash.

Alessandro Cattelan, Alexio Biacchi, Cecco, e le nostre Guinness con lo smile. Il Pogue.

Rosella Postorino e le ore insieme al telefono, Paolo Repetti e Severino Cesari.

Elena Corbetta, Monica Gnani, Manuela Marchesi, Alessio Olivieri, Topo e l'Ale, per aver letto le prime pagine neonate.

Il Filo, il Ciulli, l'Evelina, la Làra, il Ciccio, la Rachele. I ragazzi in cura al centro traumatologico di Firenze e di qualsiasi altro posto.

Gli amici della radio, i dischi consumati fino a oggi, la mia città.

*Indice*

*Questo libro è stampato su carta certificata FSC*
*e con fibre provenienti da altre fonti controllate.*

FSC
www.fsc.org
MISTO
Carta da fonti gestite
in maniera responsabile
FSC® C018290

*Stampato per conto della Casa editrice Einaudi*
*presso Mondadori Printing S.p.a., Stabilimento N. S. M., Cles (Trento)*
*nel mese di settembre 2011*

C.L. 20835

| Edizione | | | | | | | Anno | | | |
|---|---|---|---|---|---|---|---|---|---|---|
| 1 | 2 | 3 | 4 | 5 | 6 | 7 | 2011 | 2012 | 2013 | 2014 |